예낭 풍물지

예낭 풍물지

초판 1쇄 인쇄_ 2013년 4월 8일
초판 1쇄 발행_ 2013년 4월 15일

지은이_ 이병주

엮은이_ 김윤식·김종회

펴낸곳_ 바이북스
펴낸이_ 윤옥초

편집팀_ 도은숙, 김태윤, 문아람
디자인팀_ 박은숙, 이민영
ISBN_ 978-89-92467-74-2 03810

등록_ 2005. 07. 12 | 제 313-2005-000148호

서울시 마포구 서교동 395-166 서교빌딩 703호
편집 02)333-0812 | 마케팅 02)333-9077 | 팩스 02)333-9960
이메일 postmaster@bybooks.co.kr
홈페이지 www.bybooks.co.kr

책값은 뒤표지에 있습니다.

책으로 아름다운 세상을 만드는 - 바이북스

이병주 소설

예낭 풍물지

김윤식·김종회 엮음

바이북스
ByBooks

일러두기

1. 연재 당시의 내용을 그대로 살리되, 편집상의 오류를 바로잡고 기본 맞춤법은 오늘에 맞게 수정했다.
2. 외래어는 국립국어원을 기준으로 표기하되, 시대상을 반영하거나 지명·인명 등의 원어를 유추하기 어려운 경우 원문의 것을 그대로 실었다.

|차례|

예낭 풍물지 _7

철학적 살인 _101

작가 연보 _130

예낭 풍물지

인간이 된다는 것 그것이 예술이다.
— 노발리스

예낭 풍물지

풍경

 예낭! 나는 이 항구 도시를 한없이 사랑한다. 태평양을 남쪽으로 하고 동서로 뻗은 해안선을 기다랗게 점거하곤 북쪽에 산맥을 등진 그림처럼 아름다운 예낭. 누구나 모두 행정 구역이나 법률 또는 지도에 구애되지 않는 스스로의 도시 속에 제 나름의 감정과 꿈을 가지고 살아가듯이 나도 나의 '예낭'이란 의식으로서 이곳에 살고 있는 것이다.
 그러나 나의 예낭을 타인의 지도에선 찾아낼 수 없다. 마르셀 프루스트가 살고 있던 그 의식 속의 파리를 지도 위에서 찾아낼 수 있을까. 인생은 이를 생활하느니보다 꿈꾸는 편이 낫다고 믿은 프루스트의 파리는 지금 파리라고 불리는 도시와

연관이 있는 그만큼 연관이 없기도 하다. 그렇다고 해서 나의 예낭이 공상의 도시라는 말은 아니다. 타인의 지도엔 없다는 말이 나의 지도에도 없다는 뜻은 아니며, 공상이 때론 현실보다 더욱 진실일 수 있다는 의미에서 내겐 실재 이상의 실재다. 쉴 새 없이 유착이는 파도는 코펜하겐·부에노스아이레스·카크드미크·이비디얀과 호흡을 나누고 고독한 호랑이가 처량하게 포효하는 홍안령興安嶺, 우랄 알타이와도 첩첩이 주름 잡힌 산과 들로써 이어져 있다.

많은 사람이 이곳에서 나고 자라고 죽었다. 많은 사람이 이곳을 찾아오고 지나가기도 했다. 그리고 지금의 인구는 200만. 이 200만 가운데는 열다섯 관의 육체를 팔아 한 근의 쇠고기를 사 먹는 여성들도 있고 자기의 인격을 팔아선 스스로의 돼지를 살찌우는 남성들도 있다. 부귀의 추잡도 있고 화려한 가난도 있다. 태양도 달도 별도 바람도 꽃도 나비도 있다. 사람보다 나은 쥐와 사람보다 못한 쥐도 있고 벼룩에도 낯짝이 있고 빈대에도 체면이 있다는 그 벼룩 그 빈대 들도 있다.

200만 인구의 예낭이라고 하지만 나의 예낭은 200만과 공유하고 있는 예낭이 아니다. 장님의 예낭은 촉각이고 권력자의 예낭은 군림하기 위한 예낭이지만 나의 예낭은 식물처럼 그 속에 살면서 꽃처럼 꿈꾸며 살기 위한 예낭이다. 그런 까닭에 나의 예낭에는 꿈과 현실과의 경계가 없다. 생자와 사자와의 구별조차 없다. 피카소의 그림처럼 조롱鳥籠 속에 물고기가 놀고 바닷속에서 새들이 헤엄친다. 내 두뇌의 염증을 닮아 계절의 순서가 뒤바뀌기도 한다. 그러나 영웅이 노예가 되고 패자가 승자 되길 바라는 기원과 내일의 기적을 위해서 오늘의 슬픔을 견디며 살아야 하는 사정은 지구 위의 모든 도시와 마찬가지다. 기적은 이 예낭에 있어서도 바라는 사람 스스로가 만들어야 하는 것이다.

모母와 자子

어머니의 기동하는 소리가 들린다. 눈을 떠본다. 천장은 아직도 캄캄하다. 나는 다시 눈을 감으며 말을 건넨다.
"어머니 잠을 깨셨어요?"
"음."
"오늘도 나가려우?"
"나가야지."
"고단하지 않아요?"
"고단하긴, 버릇이 됐는데."
"장사를 그만두시면 어때요."
"그만두고 어떡헐라구."
"친구들과 의논을 해보겠어요."
"신세 질 곳이 있거든 내가 죽고 난 뒤를 위해서 미뤄둬라!"
어머니가 돌아가시면 나도 같이 죽는다는 말을 언제든지 준비해놓고는 있으나 입 밖에 낼 수는 없다.

"전에 있던 회사에 부탁을 하면 전표를 끊는 일쯤이야 시켜 주겠지요."

"그 회사 얘길랑 하지도 마라. 네가 거기 있을 때, 그 매정스럽던 꼴을 생각하면 치가 떨린다."

거기 있을 때란 내가 감옥에 있을 무렵을 가리킨다.

"그땐 도리가 없잖았겠어요? 무슨 화라도 뒤집어쓸까 봐 걱정이 됐을 테니까요."

"네겐 쓸개도 없니? 그 회사 얘길랑 다시 하지 마라!"

"허지만 어머니가 안타까워서 볼 수가 있어야죠."

"내 걱정일랑 말구, 네 병 고칠 생각이나 해라. 네 병이 낫는 날 만사는 다 풀린다."

"제 병은 퍽 좋아졌어요."

"그러니까 더욱 몸조심하란 말이다. 약도 정성 들여 먹구."

나는 인생을 거의 포기하고 있는데 어머니는 그렇지가 않다. 말은 안 하시지만 다시 며느리를 볼 생각을 하고 자기 생전에 손주를 안을 희망을 버리지 않고 계신다.

"하여간 너 죽는 날 나는 죽는다. 어미를 오래 살릴 생각이 있거든 빨리 병을 고치고 그럴 생각이 없거든 알아서 해라."

어머니는 어둠 속에서 옷을 차려입는다. 나는 그냥 누워 있어야 한다. 이윽고 문을 여는 소리가 난다.

"어머니 잘 다녀오세요."

"오냐."

동이 트기엔 아직도 시간이 있는 거리로 내려가는 어머니의 발자국 소리가 멀어져가는 것을 들으며 이미 판에 박은 듯 몇 백 번을 되풀이했을 아까의 대화를 되뇌어본다.

"하여간 너 죽는 날 나는 죽는다. 어미를 오래 살릴 생각이 있거든 빨리 병을 고치고 그럴 생각이 없거든 알아서 해라!"

억양도 고저도 없이 담담히 이어지는 어머니의 이 말. 수백 번을 되풀이하는 바람을 명우名優의 대사처럼 다듬어진 말!

어머니는 생선 도매 시장으로 가는 것이다. 거기서 도매상인들이 입찰하는 광경을 지켜보다가 낙착이 되면 마음이 내키는 도매상인과 얼마간의 생선을 두고 흥정을 벌인다. 흥정이 끝나면 그 생선을 해변가에 있는 가게로 옮긴다. 천막을 머리 위에 친 구멍가게, 그 판자 위에 생선을 늘어놓곤 하루 종일 앉아 있다. 모질게 비가 내리는 날은 제외하고 바람이 부나 눈이 오나 영하 20도가 되거나 30도가 되거나……. 그렇게 해서 번 돈으로 모자의 끼니를 이어가고 나의 약값도 치른다. 서른다섯 살의 사나이가 칠순 가까운 노모의 등에 업혀 살아가는 꼴이다.

그러나 나는 이러한 정황을 서러워하는 것은 아니다. 어머니에게 있어선 내가 서른다섯 살이건 혹 다섯 살이건 상관이 없다. 다만 죄스러운 것은 "너 죽으면 나는 죽는다."는 말의 뜻엔 하루빨리 병을 고치란 독려가 절실한 밀도로 서려 있는데 내겐 나의 병을 완치해야겠다는 생각이 도시 없다는 점이다.

아무것도 갖지 않은 사람에겐 병도 또한 재산인 것이다. 나는 나의 폐장 속에 준동하고 있는 결핵균에 대해서 적의를 느끼기는커녕 되레 친근감을 느끼고 있는 터이니 말이다.

학자들의 말에 의하면 지금으로부터 5,000년 전의 것이라고 추측할 수 있는 이집트의 미라 흉추에 결핵균이 작용한 흔적을 발견했다고 하니 결핵균은 인류의 역사와 비등한 역사를 지닌 생명력 있는 균이라고 할 수가 있다. 그리고 그 학명은 '미코박테리움 투베르쿨로시스'. 라틴 아메리카 어떤 나라의 대통령을 시켜도 의젓한 이름이 아닌가.

 "사람은 병으로 인해서 고독하게 되는 것은 아니다. 병으로 인해서 인간이란 본질적으로 고독할 수밖에 없다는 사실을 알게 된다는 얘기일 뿐이다. 병자에게 있어서 병은 다정한 친구, 때론 충실한 반려일 수도 있다."

 이런 내용의 글을 어디선가 읽은 적이 있다. 나는 이것을 진실이라고 생각한다. 사실 나는 나의 병을 통해서 내 나름대로 인간의 진실을 알았다. 자연의 아름다움을 배웠다. 꿈꾸는 능력을 길렀다. 만일 섭리라는 것이 있다면 병은 인간 스스로의 분수를 깨닫도록 하기 위한 책략, 스스로의 존귀함을 알게 하기 위한 수단, 파괴를 통해서만이 개전開展할 수 있는 생명의 아름다움을 계시하는 혜지의 작용이라고도 말할 수 있지 않을까.

 결핵균에 대한 나의 친근감엔 이보다 큰 이유가 있다. 나는 국가에 대죄를 얻어 10년 형을 받고 징역살이를 하고 있었는데 결핵균의 작용으로 인해서 5년 남짓한 세월을 치르고 옥문을 나서게 되었다. 나는 아무래도 결핵균이 나를 위해서 연극을 꾸며준 것에 틀림이 없다고 생각한다. 감옥 생활 5년째 접어들자 결핵균은 맹활동을 해선 나의 육체를 꼼짝달싹도 못하게 침대 위에 묶어버렸다. 영리하고 차가운 눈을 가진 감옥의 의사는 나를 사경에 이르는 사람이라고 진단했다. 감옥의 의사가 초청한 바깥세상의 의사들도 꼭 같은 결론을 내렸다.

사기死期가 거의 확정된 사람을 감옥에다 가둬둘 필요는 없다. 아무리 매정스러운 법률도 죽은 사람, 죽어가는 사람을 징역살이시킬 순 없다. 죽는 마지막 의식만 남았으니 그건 집에 가서 치러라, 이렇게 해서 나는 감옥으로부터 추방된 것이다. 그랬는데 옥살이에서 풀려나오자 한 달도 못 되어 나는 보행을 할 수 있게까지 되었다. 의사는 아직도 절대 안정을 강요하지만 내 병은 내가 잘 안다.

그러고 보니 감옥에서 나온 지 벌써 두 번째의 봄을 맞이하는 셈이다. 수갑을 차인 채 서울의 감옥으로 떠날 때, 예낭의 바다와 산과 거리가 어쩌면 그처럼 아름다울 수 있었을까! 들것에 실려 이제 출감한 병든 눈으로 예낭을 돌아보았을 때 그 바다와 산과 거리가 어쩌면 그토록 아름다울 수 있었을까. 따지고 보면 '나'라는 인간은 아직 옥중에 있고 폐병의 보균자와 폐병과 함께 지금 밖에 나와 있는 것이다.

화창한 날이면

화창한 날이면 산에도 올라보고 바닷가에도 나가본다.

산에 가선 아득히 바다를 바라본다. 나가는 배도 있고 들어오는 배도 있다. 나가는 배엔 꿈을 실어 보내고 들어오는 배와는 귀향의 기쁨을 나눈다. 드디어 감상의 날개가 돋친다. 한가닥 해류가 필리핀 해구에 고였다가 마이애미비치를 감돈다. 그러다가 플로리다의 해변에서 유착이고 라플라타의 강물과 어울렸다간 케이프타운의 등대 아래서 도성濤聲을 높이며 비말을 올린다. 아이보리코스트를 지나 지브롤터로, 거기서 북상해선 오슬로, 거기서 핀란드의 기슭을 돌아 북해, 북해의 두꺼운 얼음 밑을 지나 오호츠크 해로, 거기서 뒤돌아 동해, 다시 예낭의 항구로 와선 바로 내 눈 밑에서 환성을 올린다.

파도 소리는 지구의 맥박이 뛰는 소리다. 그 맥박이 빈혈된 나의 심장에도 뛴다. 살아 있다는 사실! 단순히 그저 살아 있다는 사실만으로도 인생은 이처럼 아름답고 훈훈하고 갸륵하다.

고개를 돌리면 자질구레한 골목골목, 부스럼 딱지 같은 지붕의 중락이 보인다. 이 지상에 생을 지탱하기 위해서 인간의 악착함이 엮어놓은 경관. 그 밑에 그 사이에 헤아릴 수 없는 비극, 헤아릴 수 없는 희극이 시간처럼 무늬를 새기고 시간과 더불어 흐른다. 비극도 희극도 모두 살아 있는 증거다. 살아 있다는 건 좋은 일이 아닌가.

산 위에 있으면 지상의 소음이 여과되어 음악적인 음향만 기어오른다. 산 위는 천국과 가장 가까운 곳이다. 산 위에서 사람들은 사악한 음모에 몰두할 순 없다.

해변으로 가도 흥겹다. 우선 어머니의 가게에 들러본다. 조

상처럼 앉아 있던 노녀는 손님이 앞에 서기만 하면 얼굴의 주름마다에 애상의 웃음을 띠고 온몸이 장사의 화신으로 변하는데 내가 그 앞에 서기만 하면 모성의 화색으로 화한다. 어머니는 나온 김에 따뜻한 생선국을 먹으라고 한다. 그러면 나는 배가 불러도 어머니 가게의 건너편에 있는 생선집의 탁자 앞에 앉아야 하고 생선 간 한 접시와 따끈한 생선국을 맛이 있는 듯이 먹어야 한다. 한 접시 생선 간과 한 그릇 생선국을 먹고 나면 바다의 정기를 받은 생명력에 충만해져선 나는 어머니의 가게를 비롯해 해변가에 즐비한 생선 가게를 원수가 졸병들을 사열하듯 한 바퀴 돌아본다.

상어는 그 사나운 꼴이 아무리 잘 봐주려고 해도 시카고의 갱족을 닮았다. 날씬한 꽁치는 영국 왕실의 근위병, 배가 볼록한 복어는 중국인 브로커, 전어는 그 민첩한 스타일이 일본 상인과 비슷하고 도미는 의젓한 품위로 봐서 고급 관리라고 해둔다. 사팔뜨기가 하나의 매력이라고 역설하는 사람에게 보여주고 싶은 건 도다리, 낙지는 크나 작으나 제정 러시아 말기의 테러리스트, 갈치는 일정 시 순사들이 차고 다니던 사벨 외엔 연상할 것도 없고……. 갈치라는 이름은 잘도 지은 이름이다. 그리고 도마 위에 오른 고기란 비참한 비유도 썩 잘된 비유라고 아니할 수 없다.

헌데 그 누누한 물고기의 시체를 봐도 육지에 사는 동물의 시체를 보고 느끼는 것 같은 연민과 비참함이 느껴지지 않는 것은 어떤 이유일까? 육지와 바다라는 구별 의식에서 온 것일까? 그 형체에 있어서 사람과의 유사점이 조금도 없는 탓일까? 나는 그 이유가 물고기들의 눈에 있다고 생각한다. 셀룰로이드로 바른 것 같은 그들의 눈동자가 생명 있는 것에 대한 우리들의 공감을 감쇄하기 때문이라고 생각한다. 물고기의 눈엔 감정이 없다. 호소력이 없다. 안경을 낀 사람에게 제일 인상으로 당장 정이 가질 않는 사실을 참작해봄 직하다. 〈물고기 눈에도 눈물〉이란 시가 생각이 난다. 그 졸렬하게 만든 셀룰로이드 세공품 같은 물고기의 눈에조차 눈물이 고이게 하는 슬픔이란 어떠한 슬픔일까. 아무렴 그러한 슬픔이 없진 않을 것이다. 슬픔의 바다, 바다와 같은 슬픔이 범람하고 있는 인생이 아닌가.

거리의 의미

산도 좋고 바다도 좋지만 가장 즐거운 것은 거리를 돌아다니는 일이다. 땅이 꺼질세라 사뿐사뿐히 그리고 천천히 걸음을 옮겨놓으며 그 회색의 군중 틈에 회색의 입자로서 끼이면 나 자신이 투명한 먼지가 된 것처럼 마음이 가벼워진다. 각기의 욕망을 각양각색으로 페인트칠한 간판과 상품 사이를 걷고 있으면 살아 있다는 의식과 더불어 인생의 고독한 의미와 이제 곧 기적이 나타날 것 같은 기대가 가슴 밑바닥에서부터 부풀어 오른다. 항상 미열을 띠고 있는 내 육체와 마찬가지로 나의 감정도 언제나 미열을 띠고 살큼 보랏빛으로 물들어 있는 탓이기도 했지만 나는 하나의 기적을 절실하게 찾고 기다리고 있는 터이기도 했다. 나의 기적이란 간단하고 명쾌하다. 그만큼 그것이 나타날 공산 또한 큰 것이다.

내가 바라고 있는 기적이란 나를 버리고 떠난 옛날의 나의 마누라를 꼭 한 번이라도 만났으면 하는 기대다. 그까짓 무슨 기적이냐고 할 사람이 있을지 모르지만 내게 있어선 커다란 기적임에 틀림이 없다.

마누라의 이름은 경숙이다. 경숙은 내가 감옥살이를 3년째 하던 어느 날, 마지막 편지를 내게 보냈다. 진눈깨비가 내리는 추운 날, 나는 그 편지를 읽고 오한으로 몸을 떨었다. 그 편지를 마지막으로 하고 경숙은 딴 사나이의 품으로 갔다. 그 무렵 점심시간이면 현미란 가수가 능청스럽게 뽑아내는 〈검은 상처의 블루스〉란 가락이 형무소 안에 울려 퍼지고 있었다. "그대 나를 버리고 어느 님의 품에 갔나. 가슴의 상처 이를 데 없네……." 왜 하필이면 그 무렵, 그 노래를 형무소 안에 울려 퍼지게 했는지! 운명은 간혹 묘한 장난을 한다.

그 마지막 편지의 사연을 나는 지금도 외우고 있다. 글자 하나하나의 모습에서부터 어느 구절에서 행을 바꾸었는가에 이르기까지 그 편지의 전 문면이 나의 뇌수에 선명하게 인화되어 있다. 그 편지엔 "저를 용서해주옵소서."라고, 한 세 번을 되풀이한 글귀가 있다.

누가 누구를 용서하란 말인가. 정작 용서를 빌어야 할 사람은 나다. 그런데 나는 그 편지에 답을 쓰려고 해도 답을 보낼 곳이 없었다. 경숙에게 죄가 있다면 나를 버리고 다른 남자의 품으로 가버렸다는 그 사실에 있는 것이 아니고 내게서 답장을 쓸 수 있는 기회와 방도를 빼앗아버렸다는 바로 그 점에 있다. 그때 내가 회답을 할 수가 있어 '용서를 빌 사람은 경숙이가 아니고 바로 나.'라는 말 한마디만 전할 수 있었더라도 나는 경숙을 이처럼 찾지는 않을 것이다.

감옥에서 나온 지 벌써 2년이 넘었어도 나는 아무에게도 경숙의 행방을 묻지 않았다. 아무에게도 묻지 않고 그 여자를 찾을 작정이었다. 작정이었다기보다 우연히 만나기를 바랐다. 아무에게도 묻지 않겠다는 덴 이유가 있다. 나는 경숙이 나를 버리고 떠난 사연에 관해 한 편의 정교한 스토리를 만들어놓고 있었는데 혹시 누구에겐가 그 여자의 행방을 묻다가 그 여자에 관해서 엉뚱한 말을 듣게 되면 그 스토리에 금이 갈 걱정이 있었기 때문이다. 그리고 또 아무에게 묻지 않아도 그 옛날 경숙과 나를 결합시킨 섭리의 신이 반드시 한 번쯤 더 작용해서 다시 만나게 해주리란 마음이 신념처럼 굳어 있기도 했다. 그러니까 어느 거리에서 뜻하지 않게 경숙을 만나야 했다. 그런 기회를 있게끔 하기 위해서 나는 게으름 없이 체력이 용서하는 한 거리를 배회해야만 한다.

만나면 어떻게 할까.

그것까지도 나는 한 편의 희곡을 엮듯 치밀하게 준비하고 있다. 치밀한 준비라야 별것이 아니다.

"나를 용서해주시오."

이것이 첫말이 될 것이다.

"나를 버리고 딴 사람에게 갔다고 해서 께름한 생각일랑 일체 갖지 마시오. 책임은 내게 있으니까요."

이것이 둘째 말.

"부디 행복하게 살아가시오."

이것이 마지막 말. 그러고도 남는 시간이 있다면 다음과 같이 덧붙이고 싶다.

"기왕 우린 아름답게 살지 않았소. 슬픈 대목은 잊어버리고 앞으론 아름다운 추억으로서 서로를 이해합시다."

오아시스

거리를 방황하다가 지치면 '오아시스'란 다방으로 간다. K신문사 가까이에 있는 클래식 음악을 들려주는 다방이다. 오아시스란 정말 적당한 명칭이다. 거리의 잡담·소음·욕지거리가 들끓고 있는 한복판에서 인간이 만들어낸 음 가운데서도 최고의 음향을 들을 수 있다는 건 오아시스를 만난 기분이 아닐 수 없다. 나는 그곳 어두컴컴한 구석에 정물처럼 앉아 베토벤이나 모차르트를 듣는다. 베토벤의 음악엔 일관된 주제가 있다.

"내게 닥친 고난을 착하게 고귀하게 극복함으로써 인간의 존귀함을 나 스스로 증거해야겠다."

베토벤처럼 위대한 인물이 그처럼 벅찬 고난을 당한 것을 생각하면 나 같은 버러지나 다름없는 존재는 어떠한 모멸, 어떠한 학대를 받아도 불평할 거리가 없다는 사실을 뼈저리게 느낀다.

모차르트의 경우도 마찬가지다. 그렇게 많은 현란한 명곡을 만들어 인류의 가슴에 무진장의 희열과 감동과 활력을 불어넣어 주었는데도 삼십몇 년밖에 살지 못한 모차르트! 그리고 그 비참했던 최후를 생각하면 나 같은 위인은 돼지의 발굽에 밟혀 죽어도 할 말이 없다.

이러한 자기 비소自己卑小를 강요하면서도 어루만지듯 내 속의 영혼을 달래주는 음악이라는 것, 내 폐장에 우글거리는 결핵균도 이럴 때만은 깃을 여미듯 진정하는 눈치다. 결핵균도 음악에 감동할 줄 안다.

조금 그렇게 앉아 있으면 권철기權哲基가 나타난다. 권철기는 K신문의 부장 기자이며 나와는 국민학교 중학교 때의 동기동창이다. 수많은 친구가 있지만 지금 내가 내왕하고 있는 친구는 이 권철기 외에 두세 사람밖엔 되지 않는다. 그런데 권철기는 베토벤과 모차르트를 좋아하는 나를 못마땅하게 여긴다. 그 이유는 간명하다. 히틀러의 부하 괴벨스가 모차르트의 피아노곡을 즐겨 연주했다는 것이고 히틀러 유겐트가 베토벤 작곡의 〈환희의 송가〉를 단가團歌처럼 불렀다는 것이다.

"그게 어디 베토벤의 책임이고 모차르트의 책임이냐?"

고 내가 말하면

"괴벨스의 손가락이 닿으면 곡이 얼어버리고 히틀러 유겐트가 부르려고 하면 입이 굳어버렸어야 모차르트고 베토벤의 면목이 살았을 것 아냐!"

하고 권철기는 익살을 부린다.

아무리 모차르트와 베토벤이 위대하기로서니 못마땅한 사람이 자기의 곡을 연주한다고 해서 그 손가락을 얼어붙게 하고 그 노래를 부르는 악한의 입을 굳어버리게 하는 신통력을 가질 수야 없는 것이 아닌가. 그러나 권철기는 바로 그 점이 못마땅하다는 것이다.

'강간을 당했대서 정절에 티가 들지 않았다고는 말할 수 없는 것이 아닌가.'

이렇게 우길 만큼 권철기의 성격은 강직하다. 그는 조그마한 부정도 견디어내지 못한다.

그러니 자연 불평투성이의 인간이 되고 말았다. 권철기란 인간은 피와 살로써 구성되어 있는 것이 아니라 불평으로 구성되어 있다는 평도 지나친 말이 아니다.

"그 벅찬 불평을 안고 어떻게 사느냐."

고 물어본 적이 있다. 그랬더니 그의 답은 이랬다.

"술이지 술. 술을 마시면 불평이 실물의 열 배쯤 부풀어버리고 그다음엔 그게 비애로 변하고 그 비애를 슬퍼하는 동안에 분해해버리고 그리고 잠들고……"

권철기는 나를 만나기만 하면 거의 반드시라고 할 수 있을 만큼 다음과 같은 인사로서 시작한다.

"오늘은 자네 주인의 기분이 어때?"

자네 주인이란 내 폐장 속에 있는 폐결핵균을 두고 하는 말이다.

"오늘의 기분은 괜찮은 것 같애."

하면

"빨리 술 마시는 버릇을 가르쳐야 할 텐데……."

하고 씨익 웃는다.

그런데 요즘 권철기에게 무슨 고민이 있는 것 같다.

"신문살 그만두어야겠어."

이 말이 입버릇처럼 되어버렸다.

"그만두고 어떻게 할려구."

하고 물으면

"어떻게 되겠지 뭐. 차라리 리어카를 끌고 먹는 게 속 편할 것 같애."

하는 우울한 답이 나온다.

"이유가 뭐야."

"신문의 사명이 있지 않겠나. 그 사명을 잃으면 삐라지, 어디 신문인가. 아무리 메커나이즈된 사회이고 신문이 상품이라지만 신문에 종사하는 사람에게만은 지사적인 기질과 실천이 다소는 있어야 하는 거야. 밥을 먹기 위해서만이라면 굳이 신문에 매달릴 필요가 있겠나 하는 말야."

"구체적으로 얘기해보렴."

"추상적으로밖에 살고 있지 않은 자네가 구체적 얘길 들어 무엇할 거고……. 하여튼 그렇단 말이다."

지난번 이런 말을 주고받은 일이 있었기 때문에 나는 더욱 권철기가 기다려졌다.

드디어 나타난 권철기의 얼굴에 흥분의 빛이 있었다.

"무슨 일이 있었나?"

하고 그가 앉자마자 내가 물었다

"있었지. 예낭 시장이 뇌물을 받아먹은 사건이 터졌어."

"시장이?"

"지금까지 잡힌 단서는 얼마 되지 않지만 앞으로 확대될 모양이야. 어디 뇌물을 처먹은 놈이 그자뿐이겠냐만 예낭 전 시민의 얼굴에 똥칠을 한 거나 다름이 없지, 뭔가."

나는 언젠가 호사로운 자동차를 타고 지나가는 예낭 시장을 본 적이 있다. 그렇게 멋진 자동차를 탈 수가 있고 200만 시민을 다스리는 영예로운 직책에 있다면 설혹 굶는 일이 있어도 배고픈 줄 모를 것이 아닌가 하는 생각이 들었다. 그런 사람이 뇌물을 먹었다 싶으니 충격이 아닐 수 없었으나 나는 권철기처럼 흥분할 순 없었다.

"뇌물을 먹은 것이 잘못이 아니라 탄로가 난 것이 잘못이 아닌가. 요컨대 그자의 운수가 사나웠다는 얘기가 아냐?"

이렇게 말하는 나를 권철기는 말끄러미 바라보고 있더니

"그 말은 자네가 하는 말인가. 자네 주인이 하는 말인가."

하고 뱉듯이 말했다.

참으로 핵심을 찌른 반문이다. 나는 어설프게 나라는 사람의 의견을 말해서는 안 된다. 나는 아직도 감옥에 있고 바깥에서 이렇게 권철기와 대좌하고 있는 것은 폐결핵균인 것이다. 나는 그 결핵균을 대변해야 옳았다. 그럼 결핵균은 이 경우 뭐라고 할 것일까. 소리가 들린다.

"뇌물을 먹든 말든 내버려둬라! 네가 참견할 영역도 아니고, 문제도 아니다."

서양댁

서른 살 남짓한 여인이 찾아왔다. 이 이웃 간에서 서양댁으로 통하고 있는 여인이다. 간혹 골목길에서 지나친 적이 있어 저분이 서양댁이로구나, 하는 짐작은 했지만 인사를 나눈 적은 없다. 그런데 그 여인의 돌연한 방문이고 보니 우선 놀랐다. 미군 병사와 결혼해서 아들딸까지 낳았는데 그 미군은 미국으로 가고 여권이 나오질 않아 따라가지 못한 채 이것저것 팔아서 살다가 보니 이런 빈민굴에까지 기어들지 않을 수 없게 되었다는 사연을 푸념 섞인 투로 한참 늘어놓고 나더니 자기 남편이 보내온 것이라면서 한 통의 편지를 꺼냈다.

"아는 통역이 있었는데요. 어디로 가버리구유. 부탁할 사람이 있어야지유. 그래 들으니께 아저씨는 꽤 유식하다드만유. 영어 편지도 읽을 기라구유. 예는 할 테니까유 이걸 보구 답장한 장 써주세요."

'유'라는 음을 이처럼 많이 빈번하게 사용하는 사람은 천하에서도 드물 것이라고 생각하니 피식 웃음이 터졌다. 이렇게 피식 웃음을 터뜨린 게 죄가 되어 자신도 없는 영어 편지를 난생처음으로 쓰게 되어버렸다.

먼저 저편에서 온 편지를 읽어보았다. 그건 도저히 영어가 아니다. 한참 들여다보니 분명 영어 같기는 한데 짧고 얕은 영어 지식밖에 없는 나로서도 지적할 수 있는 철자법의 미스가 수두룩하다. 게다가 기초 문법과는 너무나 동떨어진 문장법이고 시제가 엉망이다. 겨우 암호 해독하듯이 읽고 나니 진땀이 흘렀다. 대강 그 편지의 내용을 전했더니 답장은 다음과 같이 써달랜다.

"하니여.

당신의 편지를 받고 어떻게 반가운지유. 눈물이 났어유. 존과 캐럴라인은 많이 컸에유. 당신이 보면 놀랠 것이유. 지금 우리 모자들의 형편은 딱해유. 빨리 당신이 와야겠어유. 빨리 안 오면 우리는 굶어 죽어유. 당신의 사랑이 식지 않았거든 빨리 오세유. 존과 캐럴라인이 보고 싶지 않으세유. 꼭 못 올 이유가 있거든 돈이라도 먼저 보내줘야 되겠어유.

하여튼 빨리 오세유……."

나는 그 많은 '유'를 영어로 어떻게 표현할 것인가 생각하고 겁에 질렸다. 도저히 가능한 일이 아니다. 그러나 저편으로부터 온 편지까지 읽고 절절한 이 편지의 사연까지 들어놓고 거절할 수는 없었다. 그래 내일모레쯤에 와보라고 이르고 나는 책점으로 가기로 작정을 세웠다. 책점에 가서 한영사전을 뒤져 필요한 영어 단어를 주워 모을 계획이었다.

초라한 차림의 사나이가 책점에 나타나 비싼 사전을 뽑아내니까 훔치러 온 것이 아닌가 하고 두리번거리는 눈들이 어깨 언저리에 느껴져서 한 집에 오래 머물 순 없었다. 그래 두서너 집을 다니면서 모으기로 했는데 그렇게 해서 모은 어귀들을 밤에 집에 돌아와 옛날 학교 시절에 배운 펜맨십을 상기하면서 조립하기 시작했다. 근래에 있어보지 못한 중노동이었다. 그런데 써놓고 보니 그 매력 있는 함축이 있는 '유'의 표현은 간 곳이 없고 멋없고 딱딱하고 괴팍하기조차 한 단어의 나열이 되어버렸다.

"친애하는 하니여!

귀하의 서한을 일독하니 흔쾌 지극이로소이다. 옥체 건강이 여전하다 하오니 행복이라. 존 군과 캐럴라인 양의 발육은 일익 왕성하여 귀하가 일견하면 대경하리라. 우리 모자지정황은 곤란 막심하여 만약 귀하가 속래치 않으면 아등我等은 아사경에 지할지 모르도다. 만약 귀하의 애정 냉각을 면하였거든 속래하라. 불연이면 약간의 금전이라도 속송하라……."

'유, 유'가 '이다', '이라', '로다'로 변하고 염연한 호소가 경화된 명령조로 뒤바뀐 문면을 보니 식은땀이 흐를 지경이었지만 원래 실력이 없는 것을 어떻게 할 도리도 없고 글자를 쓰는 데만은 정성을 다했다.

편지의 됨됨을 알 까닭이 없는 서양댁은 고맙다고 연신 머리를 숙였다. 자기 남편이 돌아오기만 하면 보답을 하겠노라고 몇 번이고 되풀이해서 말했다.

말이 통하지 않아도 글이 통하지 않아도 이루어지는 사랑, 그러기에 단순하고 명쾌한 사랑일는지 모른다. 말하자면 원시의 사랑을 닮은 사랑, 사랑하는 마음의 가닥가닥은 일체 생략해버리고 사랑한다는 결론만 가지고 이어지는 사랑, 상부에 달려 있는 입은 침묵하고 중부에 달린 육체의 심부들끼리 웅변할 수 있는 사랑, 그 미국의 병사는 그 서양댁을 남방의 정글에서 만난 원시인처럼 다룬 것이 아닐까? 하지만 이건 내가 할 걱정이 아니다. 하물며 나의 친구, 나의 주인인 결핵균이 탐탁하게 여겨줄 사상도 아니다. 웬일인지 그 편지를 써주고 나니 뒷집 장 청년의 생각이 난다.

장 청년

나는 내가 살고 있는 집보다 편리한 집은 이 지구 위 어느 곳을 찾아도 없으리라고 생각한다. 담도 없고 울타리도 없고, 그러니까 대문이라는 것도 없다. 방문을 열면 손바닥만 한 뜰, 그 앞이 곧 골목길이다.

오늘도 쾌청. 습성화된 기침을 몇 차례 쿨룩거리고 있으니 터덜터덜 발자국 소리가 들린다. 보나 마나 윗집 장 청년의 발자국 소리다. 고개를 돌려보았다. 후리후리한 키의 허여멀겋게 생긴 장 청년의 얼굴이 나타났다.

그는 나를 보자 눈꺼풀을 가늘게 접곤 히쭉 웃는다. 웃는댔자 1초의 10분의 1도 될까 말까 찰나적인 동작이지만 나를 보기만 하면 으레 하는 버릇이다. 그는 본래대로의 화석같이 굳어버린 표정으로 터덜터덜 비탈길을 내려간다. 나는 그의 옆구리를 본다. 밥 덩어리를 싼 보퉁이가 달려 있다. 그러면 나는 안심하고 그가 둘러멘 낚싯대 끝이 비탈진 언덕길의 구배에 따라 흘러내린 지붕 사이로 사라질 때까지 바라본다.

"이상하재, 그 애가 안 씨만 보면 웃거든!"

장 청년의 어머니가 언젠가 한 말이다. 이상하다면 이상한 일이다. 그 찰나적인 웃음을 웃어 보이는 사람은 나밖에 없으니 말이다. 평소의 장 청년은 뭔가를 골똘히 생각하다가 지쳐버린, 지친 그 모양이 그냥 얼어붙은 듯한 그런 얼굴을 지니고 누구에게나 대한다.

사람들은 그를 미쳤다고 한다. 의사는 정신 분열증이란 제법 근사한 이름을 붙였다. 그러나 나는 그를 미쳤다고 생각하지 않고 항차 정신 분열증 운운은 얼토당토않은 말이라고 생각한다. 장 청년은 단순히 뭔가를 골똘하게 생각하다가 지쳐버린 것이다. 너무나 어처구니가 없고 어렵게 엇갈린 문제를 풀려다가 그 답안을 얻지 못한 채 말문이 막혀버린 것이다.

장 청년은 비가 오거나 눈이 와서 한사코 그의 어머니가 말려 방 안에 가두어놓지 않는 날이면 어떤 날이고 빠지지 않고 낚싯대를 메고 나간다. 그가 어딜 가서 낚시질을 하는지 아무도 모른다. 나는 한번 그가 어딜 가나 하는 호기심을 일으켜 따라가볼 작정을 했으나 조금만 빨리 걸어도 숨이 차는 나로선 《임꺽정전》의 황청왕동이처럼 긴 컴퍼스를 마구 놀려 훨훨 걸어가는 그를 따라갈 수가 없어 그 작정을 포기했다.

게다가 또 신기로운 건 장 청년이 여태껏 한 마리의 고기도 낚아가지고 온 적이 없다는 사실이다. 한 마리도 낚아보지 못한 것인지, 낚아갖곤 곧 풀어주어버리는 것인지, 낚은 것은 아무에게나 주어버리는 것인지 그것조차 알 수가 없었다. 그랬는데 얼마 전에야 나는 그 까닭을 알았다. 우연한 기회에 먹이는 무엇을 쓰느냐고 장 청년에게 물었다. 그는 고개를 살래살래 흔들었다.

"파리?"

했으나 아니라는 표정.

"지렁이?"

해도 아니라는 표정.

"그럼 새우!"

했는데도 아니라는 표정이어서 그의 몸 둘레를 살펴보았더니 어느 곳에도 먹이를 준비하고 있는 흔적이 없었다. 그래 나는 먹이를 달지 않고 낚싯바늘을 그냥 들이고 있는 것이냐고 몸시늉으로 물었더니 그도 시늉으로 그렇다고 했다.

옛날 강태공은 위수渭水에 곧은 바늘을 들이고 앉아 천하를 낚는다고 주책을 부렸다지만, 우리 장 청년은 먹이 없는 낚시를 들이고 뭣을 낚는다는 것일까.

"무슨 고기를 낚을 작정이오?"

하고 물었더니 실어증의 증세가 있는 그는 긴 팔을 활짝 펴보이면서 "큰, 큰." 하고 입을 우물거렸다. 큰 고기를 낚겠다는 뜻일 게다.

장 청년에 관한 얘기를 그 어머니로부터 들은 지도 꽤 오래 전의 일이다. 그는 과묵하고 온순하고 착실한 소년이었다. 국민학교를 나온 해에 어떤 운수 회사 사환으로 취직했다. 충실하고 근면하고 영리한 장 청년은 중학교를 졸업할 나이가 되면 중학 졸업생과 동등한 자리와 대우를 받았고 고등학교를 나올 연령이 되면 고등학교 졸업생과 똑같은 대우를 받을 수 있었을 정도로 회사가 신임한 청년이었다.

그러는 동안에 장 청년은 같이 사환으로부터 사무원으로 올라간 여자 동료 한 사람에게 열렬한 사랑을 느끼게 되었다. 성실한 성품만큼 그 사랑의 집중도 강했다.

장 청년은 드디어 그 여자 동료와 결혼했다. 직장 전체의 축복을 받은 성대한 결혼식이었다고 한다. 그랬는데 결혼한 지 얼마 안 가 신부에게 다른 애인이 있었다는 사실이 발견되었다. 신부의 애인이란 직장에서 상사로 모시고 있는 과장이었고 그 사람에겐 처자가 있었다.

그때 장 청년이 받은 충격이 얼마나 컸는가는 얘기하나 마나다. 그러나 그는 그 과장에겐 처자가 있고 그 마누라의 견제도 있고 하니 언젠가는 신부의 마음이 자기 편으로 돌아오리라고 은근히 믿고 그런 날을 기다리고 있었다. 허나 상사인 과장과 장 청년 부인과의 사랑은 의외로 열렬했던 모양이다. 여자 편에서의 사랑이 더욱 강했다는 것은 그 과장이 딴 곳으로 전출되자 공공연하게 장 청년의 부인이 그 과장의 신임지까지 따라갔다는 사실로써 알 수가 있다.

그러한 어느 날 장 청년은 자기의 마누라가 친정엘 갔다가 곧바로 다시 과장이 전출한 곳으로 가기 위해서 차를 탄다는 정보를 들었다. 그는 역으로 달려갔다. 기차가 이제 막 움직이기 시작해서 속도를 더하려는 찰나의 일이었다. 장 청년은 달려가 최후 차량의 승강구에 매달리려고 했다. 승강구의 손잡이에 손이 가 닿자, 그리고 조금 끌려가다가 장 청년은 뒤로 나가떨어졌다. 후두부에 심한 타박상을 입었다. 의식을 회복하기까지 일주일이 걸렸다. 의식을 회복했으나 정상적인 의식은 아니었다. 그 뒤 차츰 정상 상태로 돌아오는 것 같더니 재작년부터 완전히 실성한 사람이 되었다. 회사엔 나가지 않고 낚싯대를 메고 해변으로 나가기 시작했다.

"그 애는 어릴 때부터 낚시질을 좋아하긴 했지만."
하고 그의 어머니는 한숨을 지었다. 그렇다고 치더라도 장 청년의 낚시질에 대한 편집이 너무 지나치다는 뜻이 섞인 한숨이었다.

"그래 그 여잔 지금도 그 과장이란 사람과 지내고 있는가요?"
나는 이렇게 물었었다.

"벌써 헤어졌다는 소문이드만요."

"그럼 그 여자를 데리고 오도록 해보실 일이지."

"징그러워서 어디, 그리고 본인도 무슨 체면으로 나타나겠수."

"장 군의 정신을 돌릴 수 있을는지 모를 일 아닙니까. 장 군을 위해서라면 불쾌한 것쯤 참아야지요. 그 여자에게도 그렇게 말하구."

"그렇지 않아도 그런 뜻을 은근히 비춰봤더니 그 애의 형이 노발대발하는 통에……."

"세상일을 어디 감정으로만 처리할 수 있겠습니까."

이렇게 말하면서도 나는 암연한 심정이었던 것을 기억한다. 만일 내가 경숙일 데리고 와야겠다고 할 때 어머니의 반응이 어떨까 하는 생각이 들어서였다. 그때 장 청년이 내게만 피식 웃어 보이는 그 웃음이 혹시 동병상련하는 의식에서 나온 것이 아닐까 하는 생각을 나는 해보았던 것이다.

흐린 날씨면

결핵균처럼 계절과 천기에 민감할 수 있을까. 날씨가 흐리면 오한이 심하다. 이 오한이라는 것이 문제다. 밖에서 조작된 추위가 사람을 엄습하는 게 아니라 오한은 내 육체의 내부에서 만들어진 음산한 한숨과 같은 추위다. 결핵균의 선동이 일으키는 음습한 반란이기도 하다. 이럴 때면 나는 풀칠을 해서 발라버린 듯 방바닥에 누워 있어야 한다. 그러고는 눈을 감고 가쁘게 숨을 내쉬고 있으면 수천만 배의 확대율을 가진 현미경을 통하지 않아도 내 폐장 속의 결핵균을 관찰할 수가 있다. 결핵균 가운데도 왕초가 있다. 그 왕초가 일제히 공격 명령을 내리면 수억으로 헤아리는 부하 균들이 이미 퇴락해가는 폐장의 성벽을 뚫으려고 결사의 습격을 한다. 나이드라지드의 가스탄이 그 무리들을 향해 집중 폭발을 한다. 그럴수록 균들은 더욱 기를 쓰고 덤빈다. 그러나 균들도 휴식해야만 하는 시간이 있다. 그 시간을 나는 고요히 기다릴 뿐이다.

균들의 퇴각과 오한의 종식은 거의 같은 시간에 이루어진다. 나는 눈을 뜨고 파리똥이 군데군데 깔려 있는 천장을 바라보며 겨우 차린 의식으로 경숙이 딴 남자의 품으로 가야만 했던 사연에 관한 스토리에 손질을 하기 시작한다. 그 스토리를 보다 정교하게 보다 진실답게 꾸미기 위해서 디테일을 엮어나간다. 이렇게 해서 나는 내가 꾸며낸 스토리를 사실인 양 믿게 되고 경숙의 행동이 백번 타당하다는 것을 인정하고 "나를 용서해달라."고 경숙의 환상 앞에 머리를 숙인다.

'5월이었다. 나는 신록의 내음과 청포의 향기가 삽상한 아침 공기에 서려 있는 집을 나왔다. 그때 유치원에 가는 영희의 차비를 차려주고 있으면서 경숙은 "오늘도 빨리 돌아오세요." 했다. 영희는 그 고사리 같은 손을 귀엽게 흔들어 보이면서 "아빠 잘 다녀와요."라고 했다. 나는 의젓한 가장의 품위와 아빠로서의 행복한 미소를 지니고 회사로 향했다. 평화의 상징으로서의 화재가 될 만한 하늘이었다. 거리였다. 그런데 바로 그날 나는 집으로 돌아가지 못했다. 그리고 영영 그 집으론 돌아가지 못했다. 신록의 내음과 창포의 향기가 삽상한 아침 공기에 서려 있는 아담하고 단란했던 그 집! 나는 그 집으로 다시는 도로 돌아가지 못한다……. 그날 오후 나는 회사에서 체포되었다. 그로써 하나의 가정은 수라장이 되었다. 10년 걸려 이루어놓은 나의 가정은 튼튼한 성이기는커녕 작은 유리그릇에 불과했다. 나라고 하는 중심이 없어지자 시멘트 바닥에 굴러떨어져 산산이 조각나버렸다. 운동비다, 변호사비다 해서 집은 남의 손으로 건너갔다. 한 해가 가고 두 해가 갔다. 내가 짊어진 징역은 고스란히 10년이었다……. 그동안 팔 수 있는 건 모조리 팔았다. 영희란 여섯 살 난 딸은 급성 폐렴으로 죽었다. 직접 사인은 급성 폐렴이지만 영희는 내가 체포된 그 찰나에 이미 죽었다고 생각한다. 하늘보다도 높게 생각하던 아버지가 죄인으로 묶였을 때 그 딸은 그때 죽어야 하는 법이다.

"다신 유치원에 안 나가겠다고 하잖아. 그래 무슨 까닭이냐고 물었더니 동무들이 느그 아버지 죄인이 되어 푸른 옷 입고 감옥살이한다더라고 놀려대더라는 건데, 그 후 며칠 안 가서 애가 자리에 눕더니 하룻밤 사이에 그만……."

어머니는 영희의 죽음에 대해서 이렇게 울먹이며 말했지만, 나는 영희에의 애착은 부풀어 있으면서도 그 죽음에 대해선 냉담했다. 여섯 살 난 영희가 나의 영원한 영희, 죽음으로써도 어

떻게 할 수 없는 유대가 나와 그애를 함께 묶고 있는 것이다.'

 나의 스토리는 영희의 죽음에 이르자 중단된다. 세상이 뭣인지도 알기 전에 슬픔을 먼저 안 아이, 살기에 앞서 죽음부터 익혀버린 그 가냘픈 영혼! 나는 다시 눈을 감는다.

 '……영희의 죽음이 있은 후, 집안의 형편은 더욱 말이 아니었다. 경숙은 시어머니에게 직장을 구해 나가겠노라고 했다. 어머니는 자기가 생선 장수라도 할 테니 경숙은 집 안에 머물러 있어야 한다고 완강히 거절했다. 그러나 밀어닥치는 곤란은 어떻게 할 수가 없었다. 경숙은 그의 친구가 경영하고 있다는 다방 일을 거들어주게 되었다. 월급이 3만 원이나 된다는 게 커다란 유혹이었다. 체포되었을 무렵의 내 월급이 그 정도였으니까.
 ……처음엔 어색했던 다방 종사가 날이 감에 따라 차츰 기름이 올랐다. 수월하게 애교를 피울 줄 알게 되고 단골손님과 심심찮게 농담을 주고받을 수 있게도 되었다. 집구석에 처박혀 있으면서 상을 찌푸리고 살림 걱정을 하느니보다 그렇게 나와 활동하는 편이 몇 배나 낫다는 생각도 하기에 이르렀다. 보다도 내게 대한 옥바라지를 수월하게 해낼 수 있다는 데 경숙의 어깨는 한결 가벼웠다. ……허나 시어머니와의 관계는 날로 험악해지기만 했다. 돈을 벌어오는 사실과 정비례해서 며느리에 대한 불신과 의혹은 커갔다. 이런 시어머니의 감정

이 며느리인 경숙의 심상에 복사되지 않을 수가 없다. 불신을 받을 만한 거리가 아무것도 없는데 불신을 당할 때 사람은 반발을 느끼게 마련이며 나아가선 이왕 그럴 바에야 하는 자포자기적인 충동마저 인다.

……시어머니의 편으로선 매일 밤늦게 돌아오는 며느리가 달갑지 않았을 것이며 짙게 화장하는 꼴이 탐탁지 않았을 것이며 여느 때면 보통으로 보아줄 수 있는데도 그런 처지에서 새 옷을 사 입는 등의 행동에 분격에 가까운 감정을 불태우기도 했을 것이다. ……이렇게 되었으니 경숙으로선 집에 있을 땐 지옥을 느끼고 밖에 나와 있을 땐 자유를 느꼈다. ……때마침 마누라를 얼마 전에 여의고 홀몸으로 있는 부유한 중년 신사가 경숙 앞에 나타났다.

……그 신사는 경숙에게 은근히 호의를 보였다. 간혹 식사를 같이하자고 했다. 인품도 좋고 재산도 있는 사람이니 같이 식사쯤 하는 것이 어떠냐는 다방 주인의 권고도 있고 해서 세 번 초대가 있으면 한 번쯤은 응해야 했다. ……그런 장소에 있는 사람은 남편이 있어도 있다고 하지 않는 게 상식이다. 그리고 남자란 그런 치사스러운 질문은 아예 하지도 않는 법이다. 경숙의 경우, 입장은 더욱 미묘했다. 남편이 있다고 말하고 싶지만 그랬다간 감옥살이하는 사실마저 털어놓아야 하니 말이다. 하물며 시어머니를 모시고 있다고는 더더구나 말할 수가 없다.

……화류계와는 조금 다르겠지만 다방 같은 데 종사하는 여

성들도 스스로의 입장을 언제나 누군가의 사랑을 받을 수 있다는 가정 위에 세워놓아야 한다.

……이러한 상황 속에서 그 신사는 경숙에게 적극적으로 접근했다. 자기와 같이 살게 되었을 때의 비전을 보라색으로 그려보이기도 했을 것이다. ……아직도 8년이나 형기를 남긴 남편을 생각하면 남편을 안타깝게 생각하는 마음과 병행해서 그 열렬한 구애에 경사 되는 스스로의 마음을 경숙인 걷잡을 수 없었다. 남자의 정열은 자꾸만 강화되어갔다. 드디어는 다방이 끝나길 기다려 집에까지 모셔다 주마고까지 나섰다. 거절했지만 도리가 없어 도중까지 동행하는 일이 거듭되었다. 이런 광경을 기갈이 센 시어머니가 목격하게 되었으니 그 결과는 짐작할 만하지 않은가. 그렇지 않아도 잔뜩 의혹에 사로잡혀 있는 사람이 외간 남자와 나란히 밤길을 걷고 있는 며느리를 보았으니 그 시어머니의 입에서 좋은 말이 나올 리가 없다. 한편, 마지못해 동행을 했을 뿐 그 이상의 아무 일도 없는 사람을 화냥년 취급을 할 때 경숙의 반발도 당연했을 것이니 그 입에서도 또한 좋은 말이 나올 수가 없다. ……드디어 경숙은 시어머니의 집에서 나오지 않을 수 없었다. 시어머니와 헤어져 살게 되었다는 바로 그 사실에 운명의 함정이 있었다. 집에 꼭 들어가야 한다는 절대적 조건이 무너졌을 때 여러 가지 행동의 가능이 전개되는 것이다. 먹지 못하는 술도 마시게 되고 유혹을 받을 수 있는 합리적인 이유를 스스로 만들어내기도 하고 남녀 간이란 어쩌다 선을 넘기만 하면 낭떠러지 굴러떨어

지는 바위와 같은 것이다.'

 이와 같은 줄거리로 나의 상념은 미(微)를 쪼개고 세(細)를 나누어 한 장면, 한 장면을 극명하게 묘사해선 경숙이 내 곁을 떠난 사연을 엮어보는 것이지만 그 결말을 석연하게 밝힐 수 없는 것이 언제나 가슴 아프다. 단 하나의 결론이 있다면 경숙의 미모가 모든 사건의 원인이다. 미인박명이란 말은 나면서부터 미녀가 기막힌 팔자를 타고나는 것이 아니라 이리 떼 같은 사내들이 미녀를 가만두지 않는 데 운명의 장난이 시작된다. 세상은 미녀의 정절을 거의 절대로 용납하지 않는다. 운명의 여신은 여인의 미모를 질투한다고 했다. 경숙에겐 그러니 잘못이 없다. 경숙을 미워해선 안 된다. 용서를 받을 사람은 바로 나다. 결코 경숙이가 아니다.
 결핵균이 다시 공세를 취하는 모양이다. 비를 섞은 바람 소리가 들려온다.

성을 만든다

 떠나간 아내의 사연을 꾸며, 그 핑계를 믿는 것까진 좋지만 그 사연과 그 핑계로써는 어떻게 할 수 없는 무엇인가가 찌꺼기처럼 가슴 밑바닥에 고인다. 그 뭣인가가 나를 지치게 한다. 결핵균은 내가 지칠 무렵을 노리고 덤빈다.

염증으로 열띤 나의 상념 속으로 지나가는 풍경이 있다. 신록의 내음과 창포의 향기가 서려 있는 집. 그 지붕, 그 벽, 그 마루의 판자 하나하나가 십수 년 입립신고粒粒辛苦한 모자의 피와 땀의 결정이었다. 나는 몇 권의 책을 마련해서 서가를 만들고 몇 장의 음반을 사선 다소곳한 음악의 분위기를 만들고 명화의 복제를 구해서 아담한 미술관을 꾸며놓기도 했다. 거기 어머니의 유순한 미소의 주름살이 광파했고 경숙의 화사한 얼굴이 겹쳤고 영희의 무구한 재롱이 봄바람처럼 일었다. 솔로몬의 영화도 들에 피어난 한 떨기 백합꽃의 호화를 닮지 못한다지만, 누구도 지상의 평화와 행복을 그처럼 작은 집에 그처럼 충실하게 담아놓진 못했을 것이다. 그러나 그 모든 것이 화창한 5월의 어느 날, 비눗방울에 비친 한 토막의 경치처럼 사라져갔다.

하지만 아쉬움은 없다. 나는 죄인이었으니까, 죄인은 그만한 벌을 받아야 한다. 그런데 죄인이란 무엇일까. 범죄란 무엇일까. 대영백과사전은 '범죄…… 형법 위반 총칭'이라고 되어 있다는 것이고 제임스 스티븐은 '그것을 범하는 사람이 법에 의해서 처벌되어야 하는 행위, 또는 부작위'라고 말했고 유식한 토머스 홉스는 '범죄란 법률이 금하는 짓을 하는 것'이라고 말하고 있다는데, 나는 이것을 납득할 수가 없다. 형법 어느 페이지를 찾아보아도 나의 죄는 없다는 얘기였고 그 밖에 어떤 법률에도 나의 죄는 목록에조차 오르지 않고 있다는 변호사의 얘기였으니까 그런데도 나는 10년의 징역을 선고받았다. 법률이 아마 뒤쫓아온 모양이었다. 그러니까 대영백과사전도 스티븐도 홉스도 나를 납득시키지 못했다. 나는 스스로 나를 납득시키는 말을 만들어야 했다. "죄인이란 권력자가 '너는 죄인이다.' 하면 그렇게 되어버리는 사람이다."

드디어 나는 비눗방울처럼 사라져간 옛집을 그리워할 것이 아니라 새로운 집을 지을 결심을 했다. 그리고 그 집은 어떤 재난도 어떤 권력도 내가 살아 있는 한 빼앗아갈 수 없는 집이라야 한다고 마음먹었다. 내 관념 속에 지어놓은 집은 내 생명을 빼앗아가지 못하는 한 이를 뺏지 못할 것이 아닌가.

애당초의 작정은 화사한 방갈로를 짓는 것이었다. 코발트빛깔의 지붕, 하얀 벽, 집 주위엔 프리지어의 화단이 있고 뜰 가운덴 조그마하나마 분수가 있어 언제나 무지개를 엮고 있어야 했다. 창은 크게 뜬 소녀의 눈동자를 닮아야 했고, 새들이 간혹 와서 지숙止宿하는 열린 조롱이 창가에 달려 있어야 한다. 방갈로를 지을 계획이 성을 만들어야겠다는 각오로 바뀐 것은 어떠한 경우에라도 집주인이 체포될 수는 없어야겠다고 생각한 때이다. 어떤 경우에라도 체포될 수 없도록 하는 구조를 가진 성이란 아이디어. 이것이 나를 열중하게 했다. 그만큼 성은 성다워야만 했다.

위치는 예낭 동단의 절벽 위로 작정했다. 모양은 중세의 영국식이어야 하고……. 성을 둘러싼 성벽엔 창연한 이끼가 끼어야 하고 한쪽 성벽엔 언제나 거센 파도가 쉴 새 없이 부딪혀야 한다. 성 위엔 언제나 암울한 하늘, 성 전체가 풍기는 기분은 언제나 음산, 성문은 돌다리를 통해서만이 드나들고 그 견고함은 최신식 탱크, 100밀리미터 포의 위력도 당하지 못한다. 성의 건물은 적어도 원주 200미터가 넘는 못을 둘러싸는 회랑에서 시작해 차근차근 피라미드식으로 중천에 솟는다. 다락방엔 거미줄이 얽히고 지하장地下藏엔 유령이 나타나고 그 사이로 미로가 얽히고설켜 어떤 추적자도 성에 들어서기만 하면 길을 잃고 만다.

'그래도 추적을 피하지 못할 땐 창으로부터 절벽 위로 내리뛴다. 태평양이 파도가 되는 것이다. 아아! 화려한 환상!'

그런데 이러한 성 속에 하나의 방만은 전아하고 황홀하다. 원앙새를 수놓은 태피스트리가 커튼을 대신하고 한쪽 벽엔 렘브란트의 그림, 또 한쪽 벽엔 고야의 《카프리초스》가 걸렸고 천장엔 루이 왕조의 성시를 방불케 하는 샹들리에가 수백의 촛불을 피우고 찬란하다. 널찍한 방 안은 여름엔 시원하고 겨울은 따뜻하고 들창을 열면 동서의 명화名花가 계절을 초월한 현란을 이루고 황혼 무렵엔 뜰 가운데의 못에서 1미터 길이나 되는 잉어가 도약해선 석양에 황금색 비늘을 번쩍거린다.

그 방의 주인은 〈햄릿〉 극에서 빠져나온 오필리아. 오필리아는 바깥을 싫어한다. 그리고 나 이외의 아무도 만나려 하지 않는다. 그 소녀는 나의 눈으로써만 만상을 보고 나의 귀로써만 세계의 일을 듣고 나의 입을 통해서만 말한다.

긴긴 겨울밤 오필리아가 세계정세를 알고 싶다고 하면 나는 다음과 같이 설명할 것이다.

"미국에선 텍사스에서 나온 존슨이란 대통령이 월맹과 베트남의 정글에 빗발같이 폭탄을 퍼부으라고 호령하고 있죠. 프랑스에선 코가 크고 키가 큰 드골이란 사람이 덮어놓고 자기만 따르라고 외치고 있죠. 영국에선 총명하다고 소문이 난 윌슨 수상이 로디지아 문제 때문에 골치를 앓는답니다. 인도의 인디라 수상은 정치를 하느니보다 연애를 해야 했다고 후회하고 있고 인도네시아의 수카르노 대통령은 쫓겨나게 되었답니다."

이래놓으면 나의 오필리아는 꽃잎 같은 입술을 움직여 다음 다음으로 질문을 한다.

"존슨 대통령은 왜 월맹에다 빗발처럼 폭탄을 퍼부으라고 호령을 할까요?"

"월맹엔 빨갱이들이 살고 있으니까요."

"드골은 왜 덮어놓고 자기만 따르라는 걸까요?"

"위대한 프랑스를 만들어야 한답니다. 드골은 오늘의 프랑스가 자기의 키나 코처럼 크지 못한 것에 안달이 나는가 봅니다."

"그 총명한 윌슨이 로디지아 때문에 왜 골치를 앓는지요?"

"이언 스미스란 작자가 괴팍합니다. 10분의 1도 채 못 되는 수의 백인이 절대다수인 아프리카인을 지배해야 한다고 우기니까요."

"인디라 수상은 왜 후회를 하나요?"

"생각해보십시오. 사랑처럼 감미롭고 충실한 시간이 어디에 있겠습니까. 시끄럽기만 하고 불모한 정치 토론에 시간을 다 빼앗기고 애인의 품에 안길 수가 없으니 청춘이 다 가버린 이제에 와서 후회가 되지 않을 까닭이 있습니까. 벼슬보다 사랑이 중한 겁니다. 심프슨 부인을 사랑한 나머지 왕관을 버린 에드워드 8세가 가장 현명한 사람이죠."

"수카르노는 왜 쫓겨났을까요?"

"하나의 여자만을 사랑하지 않고 여러 여성에게 마음을 옮긴 때문이 아닐까 합니다."

이렇게 밤이 깊어가면 나의 오필리아는 사랑의 노래를 듣고 싶어 한다. 나는 나의 사랑의 시를 조용하게 읊는다.

"바람도 그대의 머리칼을 흔들지 못하리, 구름도 그대의 눈동자를 가리지 못하리, 태양도 그대의 화려한 웃음을 닮지 못할 것이고 달도 그대의 고요한 아름다움을 흉내 낼 수 없으리. 낮이나 밤이나 바다는 그대 그리워 도성濤聲을 올리고 별들도 그대를 찬양하는 합창으로 밤을 지새운다. 나의 눈은 그대의 눈, 나의 귀는 그대의 귀, 나의 입은 그대의 입, 나의 팔은 그대의 팔, 영원하여라! 시간이여. 그대와 나와의 사랑을 위해서."

밤은 길다. 노래가 끝나도 밤은 남는다. 나는 나의 오필리아에게 예낭의 소식을 전한다.

"오늘도 예낭에서 몇몇 새로운 생명이 탄생한 것 같습니다. 그리고 몇몇 낡은 생명이 숨을 거둔 모양입니다. 배고픈 소년들이 굶주린 이리 떼처럼 거리를 쏘다녔지만 모멸과 학대만을 얻었을 뿐입니다. 태양은 내일도 예낭의 하늘에 떠오를 예정이라고 합니다."

나의 오필리아는 화사하게 웃어 보인다. 그런데 그 화사한 웃음이 어쩌면 경숙의 웃음을 닮을 때가 있다. 오한이 시작된다. 오한이 풍겨내는 먹구름 사이로 나의 성은 그 자취를 감추고 만다.

황혼

엷게 모색暮色이 깔린 거리다. 솜털로 피부를 문지르듯 공기는 부드럽다. 각양각색의 극채색이 담백한 흑색으로 분해되어 가는 시간. 나는 이런 시간이 마음에 든다. 노추도 부각되지 않고 치졸도 눈에 거슬리지 않는 낮과 밤, 빛과 어둠의 어림길. 사람들의 걸음걸이는 가볍고 얼굴들도 밝았다. 나는 어떤 예감 같은 것에 몸을 떨었다. 이럴 때야말로 무슨 기적 같은 일이 일어나는 것이다. 나는 흥분을 가까스로 진정하고 나이드라드를 사러 약국으로 막 들어서려는 찰나였다. 누군가의 부름을 받기나 한 것처럼 나는 고개를 돌렸다.

고개를 돌리자 나의 시선은 건너편 길을 걸어가고 있는 여자의 옆얼굴에 스파크했다. 그 여자였다. 그 여자는 이제 막 꽃 핀 가등 밑으로 꿈속에서 나타난 선녀처럼 걸어가고 있었다.

나의 동작은 민첩했다. 순식간에 사오 미터의 간격을 두고 나는 경숙의 뒤를 따르고 있었다. 뜻하지 않은 기적을 만난 흥분과 급격하게 몸을 움직인 탓으로 숨이 가빴지만 고통은 느끼지 않았다. 나는 말쑥이 몸치장을 한 경숙의 뒷모습을 만족

한 가정생활을 하고 있는 중년 여성의 기품으로 보았다. 옛날 보단 약간 살이 오른 것 같은 몸집으로부터 우아한 에로티시즘을 발산하고 있는 경숙은 혼자 걷고 있는 것이 아니었다. 그의 남편이라고 단정할 수 있는 중년 신사와 동행이었다. 나는 내 앞에 걸어가고 있는 그 여자가 분명 경숙일 수밖에 없다고 확신하면서도 한때 나의 아내였다는 사실을 실감할 수가 없었다. 저 우아하게 차린 여인이 불과 몇 해 전 실오라기 하나 걸치지 않고 나의 품 안에서 신음한 여자라곤 아무래도 믿어지지 않았다.

그들은 가끔 쇼윈도를 들여다보곤 뭔가를 소곤거려가며 천천히 걸었다. 나는 문득 그 남자에게 공손히 절을 하곤 "경숙일 이처럼 사랑하고 행복하게 해주셔서 대단히 감사합니다." 하는 인사를 하고 싶은 충동에 사로잡혔다. 그러나 어떻게 해야 좋을지 몰랐다. 앞질러 돌아가서 길을 막고 해야 하느냐, 어깨를 두들겨 돌아서게 하고 해야 하느냐. 이렇게 망설이며 걷고 있는데 그들은 큰 거리에서 작은 거리로 접어들더니 미리 자동차를 거기다 대기시켜놓았던 모양으로 자동차를 타자마자 미끄러지듯 나의 시계에서 사라져버렸다.

닭을 쫓던 개의 꼴도 아니다. 이제 막 꿈에서 깨어난 그런 기분이었다. 나는 가까이에 있는 전신주에 몸을 기댔다. 일시에 피로가 엄습해온 느낌이었다. 그런데 한 가닥도 질투 같은 감정은 없었다. 에로티시즘을 느꼈다곤 하지만 그건 이미 객관화된 상념이었을 뿐이다.

'어디로 갈까?'

나는 약국으로 되돌아갈 생각을 잃었다. 집으로 바로 들어갈 생각도 일지 않았다. 어둠이 짙어진 모양이다. 전등의 광채가 요란함을 더했다. 나의 뇌리로 하얀 포장의 구멍가게가 스쳐갔다. 그 앞을 지날 때마다 유심히 보아오고 아련히 마음이 끌렸던 구멍가게의 안주인 얼굴이 떠올랐다. 도레미 위스키란 글자를 새겨 넣은 하얀 포장의 구멍가게. 거기 가서 위스키나 한잔해볼까, 하는 생각이 돋았다.

"네가 죽는 날, 나는 죽는다."

어머니의 말이 들려왔다. 그러나 7년 만에 소생한 알코올의 유혹이 강했다. 알코올보다도 그 구멍가게의 안주인을 보고 싶었다. 다행히 약을 살 돈이 주머니에 있었다.

나는 그 구멍가게를 향해 가며 마음은 끌렸는데 왜 이때까지 거기 가볼 생각은 안 하다가, 경숙을 본 이 시간에 거기엘 갈 작정을 한 까닭이 뭣일까, 하고 생각해보았다. 마음의 움직임이란 그저 '미묘하다' 고밖엔 더 말할 나위가 없는가 보다.

구멍가게의 포장을 헤쳤더니 간데라의 불을 반사한 검은 눈을 크게 뜨며 안주인은 나를 반겼다. 그곳에 들른 것은 처음이지만 그 앞을 빈번히 지나다닌 나의 얼굴엔 익어 있었던 모양으로 초면답지 않은 친숙함을 보였다.

손님은 나 하나뿐이었다. 나는 의자에 걸터앉았다. 안주랬자 고기와 간과 파를 꼬치에 끼워 구운 것밖엔 없고 술은 도레미 위스키뿐이라고 했다.

"전 한 잔이면 됩니다. 옛날엔 술을 조금은 마셨지만 지금은 안 돼요. 모진 병에 걸려서요."

"무슨 병인데요."

하는 눈초리로 안주인은 나를 바라보았다. 서른네댓은 되어 보이는 여자, 상대편을 바라보는 얼굴의 표정에 확실히 경숙을 닮은 데가 있다. 나는 고개를 숙였다.

안주인은 세 꼬치의 안주를 하얀 접시에 담고 조그만 유리 글라스에 암녹색의 액체를 채워 내 앞에 갖다놓았다.

"술은 어떨지는 모르지만 그 안주는 병자에게 나쁘지 않을 건데요."

하고 안주인은 조심스럽게 웃었다.

"어떤 병이신지."

"폐병하고도 제3기랍니다."

"폐병?"

하고 놀라는 눈치더니 안주인은 조용히 말했다.

"요즈음은 좋은 약이 많아서 폐병쯤은 수월하게 고칠 수 있다고 하던데요."

"전 병 고칠 생각은 안 합니다. 이대로 살다가 죽는 거죠, 뭐."

"별말씀을 다 하셔. 아직 젊으신 어른이 빨리 나으셔서 잘살아보셔야지. 그런데 그런 병엔 이 간이 좋대요. 참, 포도주가 조금 있으니 포도주를 하실래요?"

"걱정 마시고 위스키를 한 잔만 더 주세요. 7년 만에 마시는 건데 조금은 어떨라구요."

고기와 간과 파를 사이사이에 놓고 꼬치에 꽂아 연탄불에 구운 그 안주는 맛이 좋았다. 위스키는 두 잔을 했을 뿐인데 순식간에 취기가 돌았다.

그런 장사를 하는 사람답지 않게 안주인은 청초한 기품을 가지고 있는 듯했다. 청결한 맵시, 더욱이 안주인의 이빨은 상냥하리만큼 청결했다.

주기가 돌자 나는 뭔가를 호소하고 싶은, 갈증 비슷한 감정을 억제할 수가 없었다.

"아주머니! 저 얘기 하나 해도 될까요?"

"하세요. 전 손님들 얘기 듣는 것 좋아해요."

"이건 내 자신의 일이 아니고 내 친구의 얘긴데요."

하고 나는 다음과 같이 이야기를 꾸몄다.

"그 친구는 징역살일 했죠. 그동안에 그의 마누라가 딴 남자와 결혼을 했거든요."

"어마나, 그럴 수가."

"그럴 수가 있죠. 그리고 그렇게 된 데는 그 여자에겐 책임이 없어요. 그렇게 될 수밖에 없는 사정이었죠."

그래놓고 나는 이미 꾸며놓은 일편의 스토리를 들려주었다.

"하여간에 몹쓸 여자구먼요."

안주인은 두 번 생각해볼 필요도 없다는 듯이 잘라 말했다. 나는 내가 모욕을 당하는 것처럼 당황했다. 그래 얼른 말을 이었다.

"감옥에서 나오자 그 친구는 옛날의 마누라를 꼭 한 번만이라도 만나기를 원했죠. 그 친구는 마누라를 만나면 '참 잘했소. 나와 같이 불행해지는 것보다 당신 혼자만이라도 행복하게 된 건 다행한 일이오. 그러니 나를 배신했대서 조금도 께름하게 생각하지 말고 잘살도록 하오.' 이렇게 말할 참이었답니다."

안주인은 어이가 없다는 듯 나를 바라보고 있었다. 나는 말을 이었다.

"그랬는데 며칠 전 그 친구는 거리에서 마누라를 봤어요. 현재의 남편과 나란히 걸어가더라는 거예요. 그래 그 친구는 그 두 사람의 뒤를 따라갔는데 어떤 골목에서 그만 놓쳐버린 모양이죠. 마누라의 지금 남편에게 공손히 절을 하고 '아내를 이처럼 행복하게 해줘서 고맙다.'고 할 판이었는데 그 기회를 놓친 것이 안타까워 못 견디겠다고 하잖아요."

"손님의 친구라는 분! 그래도 남잔가요? 거리에서 마누라를 만났거든 머리채를 휘어잡고 뺨이라도 한번 야무지게 갈겨줄 일이지!"

가게 주인은 슬그머니 화가 나는 표정이었다. 나는 더욱 당황했다.

"그 여자에겐 나쁜 것이 없대두요."

"나쁘지 않다구요? 남편이 무슨 일로 징역살이를 하게 됐는지 모르지만 그런 역경에 있을 때 딴 남자와 눈을 맞추는 여자가 나쁘지 않단 말예요."

"생각해봐요, 아주머니. 남편은 10년 징역을 살아야 하고 게

다가 시어머니완 사이가 나쁘고 또 오해도 있었구."

"100가지 이유가 있어도 안 돼요. 남편이 살인강도를 했대도 안 돼요. 그러니까 부부란 게 아뇨? 좋을 땐 좋고 나쁠 땐 나쁜 건 남남이라도 되는 것 아뇨? 좋을 때고 나쁠 때고 서로 돕고 서로 위한다는 게 부부란 것 아녜요? 내 말을 할 주제는 아니지만 내 남편이 집을 나간 지 벌써 10년이 넘습니다. 그래도 자식 하나 데리고 비록 이런 장사를 하고 있을망정 저는 남편을 기다리고 있어요. 도덕이니 뭐니보다도 그게 인생이란 것 아니겠어요."

"인생이니까 딴 남자에게 갈 수도 있는 것 아닙니까."

"어쨌건 전 반대예요. 그런 여자가 있기 때문에 여자들이 욕을 먹게 되는 거예요. 그런데 뭐라구요? 손님의 친구는 마누라의 지금 남편에게 감사할 작정이었다구요? 사람이 좋은 것하고 소갈머리가 없는 것하곤 다르지 않아요?"

이렇게 결연하게 말할 때 안주인의 얼굴은 뚜렷한 윤곽으로서 결연했다.

"게다가,"
하고 나는 어물어물 말했다.

"그 친구는 심한 폐병 환자이기도 하거든요. 도리가 없잖아요. 사람은 누구나 행복하게 살 권리가 있어요. 남을 희생시킬 수도 없는 것이고 남의 희생이 돼서도 안 되는 거구요. 둘 다 망하고 불행해지는 것 아니겠어요?"

안주인은 응수하지 않았다. 말을 하지 않는 대신 안주를 세

꼬치 더 접시에 집어 놓았다.

"거 안 됩니다. 가진 돈이 그렇게는 없습니다."

하고 나는 손을 저었다.

"돈 걱정은 마시고 잡수세요. 이건 우리 집 단골이 되어줍소사 하고 드리는 거예요."

"그건 더욱 안 됩니다. 나 같은 가난뱅이를 단골로 해보았자 이득도 없고 또 내 처지로선 단골이 될 수도 없구요."

"하여튼 걱정 마시고 잡수세요."

안주인은 아까 얘기가 나의 친구의 것이 아니라 바로 나 자신의 얘기란 것을 눈치챈 모양이었다. 자리를 뜨려고 하자 안주인은 정이 깃든 어조로 말했다.

"몸조심하세요. 그리고 내일 밤 또 오세요. 내일 밤은 제 얘길 들어주셔야 하잖겠어요. 술을 자시지 않아도 좋아요. 그저 얘기 벗으로 꼭 와주세요. 꼭 오시죠."

"네, 꼭 오겠습니다."

붐비는 거리를 걸으면서 나는 눈물을 흘리고 있었다. 이 말라빠진 육체의 어느 곳에 그처럼 흔하게 눈물이 고여 있었단 말인가!

풍경 II

나는 예낭을 한없이 사랑한다. 그 가운데서도 내가 살고 있는 동리를 더욱 사랑한다. 이곳에선 가난의 부끄러움이란 게 없다. 거리마다에 골목마다에 가난의 호사가 있다. 보다도 한량없는 슬픔이 범람하고 있다. 사람들이 그 거친 슬픔의 파도를 헤치고 사는 걸 보는 건 장엄하다고 할 수 있는 광경이다. 사람들은 이곳을 빈민굴이라고 부르지만 정식 이름은 도원동 桃源洞이다.

이곳에서 가장 높은 것은 목욕탕의 굴뚝이고 목욕탕의 이름은 평화탕이다. 시멘트 바닥이 거칠고 군데군데 움푹 팬 곳이 있고 천장에서 떨어지는 찬 물방울 때문에 목덜미를 움츠리는 경우가 때때로 있긴 해도 탕 내의 풍경은 평화롭다. 여탕 쪽에서 들려오는 아낙네들의 재잘거리는 소리, 어린애들의 비명처럼 울어대는 소리마저 평화롭다.

"임금이구, 부자구 목욕탕에 들어서면 마찬가지다."

수건을 머리 위에 얹어놓은 영감이 탕 안에서 중얼거린다.

"우쩐 일이고 목욕탕엘 다 오고."

"아닌 게 아니라 두 달 만의 목욕이구마. 오늘은 우라부지 제사구만."

그런가 하면,

"목욕한 날은 재수가 없어. 오늘은 집에 틀어박혀 오랜만에 여편네 궁둥이나 두드려줘야겠다."

고 조알대는 상습 노름꾼도 있다.

나는 목욕탕에서 나오면 국제이발관으로 간다. 닳고 닳아서 젓가락 넓이만 한 면도칼이 낭창낭창 목덜미 언저리에서 휘청

거리면 적어도 국제적 스릴을 만끽할 수가 있다. 대머리 까진 이발관의 주인은 그러나 슬픔의 소유자다. 6·25 때 그의 마누라가 흑인 병사 삼사 명에게 윤간을 당했다. 그 마누라를 이웃 집에 살려놓고 쌀과 연탄을 대어주긴 해도 지금껏 말은 안 한다고 했다. 그래놓고 본인은 외입질이다. 눈은 언제나 핏발이 서 있다. 언젠가는 어떤 선원의 마누라와 밀통을 하다가 탄로가 나서 똥물이 나오도록 얻어맞았는데 아직도 버릇을 고치지 못한다고도 했다. 마누라의 사건이 계기가 되어 색정 도착증에 걸렸다는 본인의 고백이다.

중고품 라디오를 두 대쯤, 먼지가 뿌옇게 쌓인 진열창에 내어놓고, 그 진열장의 유리는 비스듬히 금이 갔는데, 그 금이 간 부분에 꽃무늬 모양으로 도린 종이를 발라놓고도 상호는 우주전파사라고 했다. 우주전파사의 주인은 점방 깊숙한 곳에 잡동사니를 쌓아놓은 책상을 앞에 놓고 하루 종일 앉아 있다. 움푹 들어간 눈, 살이란 한 점도 없는 가죽과 뼈만인 팔과 다리, 이렇게 거미와 같은 형상으로 거미가 먹이를 노리듯 손님을 기다리고 있지만 매일처럼 허탕인 것 같다. 이 우주전파사의 사장은 폐병에 있어선 나의 선배다. 소싯적 폐를 앓았는데 올챙이와 개구리만 먹고 나았다는 것이다. 그래 나만 보면,

"경칩이 지나거든 올챙이를 먹어요. 올챙이를 조금 지나면 개구리를 먹구. 뭐니 뭐니 해도 올챙이와 개구리가 제일이지."
하고 권한다. 그대로 올챙이나 개구리를 먹을 생각을 않는 내가 그는 불쌍해서 배겨내지 못하겠다는 눈치로,

"어른 말은 들어야 하는 긴디 말이여!"
하곤 투덜댄다.

그럴 때면,

"사장, 팔뚝 좀 내보슈."

하고 나는 내 팔을 그의 팔뚝에다 갖다 대곤,

"올챙이를 안 먹어도 올챙이를 먹은 사장에게 비하면 나는 역도산이오."

하며 빈정댄다. 사실, 지금 병을 앓고 있는 나보다도 그는 더 여위었다.

그 우주전파사의 사장이 어떤 사람의 라디오를 고쳐주었다가 혼이 난 일이 있다. 공교롭게도 그 사나이가 간첩 용의자였던 까닭이다. 그로부터 그는 낯선 사람이 라디오를 갖고 들어오면 간첩으로 알고 이웃 백화점으로 뛰어가선 112에 신고하기가 바쁘다. 그래가지곤 또 경을 친다.

"제기랄 관상술이라도 배웠으면."

하고 그 여윈 얼굴에 울상을 지으면 속절없이 거미가 우는 꼴이 된다.

그런데다 절구통 같은 아내의 구박이 심한 모양이다.

"돈을 벌면 인삼도 먹구, 녹용도 먹어야 할 긴디."

그러나 좀처럼 그런 처지는 안 되는 것 같다.

우주전파사의 이웃이 세일백화점世—百貨店이다. 연필·종이·노트·잉크 등속의 문방구로부터 칫솔·비누·타월에 이르기까지의 일용품·수세미·양초·성냥·눈깔사탕·껌 할 것 없이 이른바 '없는 것은 없다'는 식으로 늘어놓고 있으니 백화점의 칭호에 궁색함이 없고 거기다 세계 제일이라고 자부가 붙었으니 그만이다.

이 백화점 주인은 언제 보아도 아침부터 저녁까지 술에 취해 있다. 불그레한 얼굴, 두꺼운 눈꺼풀이 축 처져 있으니 자세히 보지 않으면 눈을 떴는지 감았는지 알아보기 힘들다. 내가 지나가면 익사한 누에처럼 부풀어 있는 손가락으로 눈깔사탕을 헤아리다가도 씨익 한번 웃어 보인다. 그것이 유일한 애교이고 인사다. 그 웃는 모양이 하도 독특해서 며칠을 그 표현 방법을 생각하던 터에 마침내 어떤 외국 작가의 다음과 같은 글귀를 기억해냈다. "살찐 지렁이의 웃음."

살찐 지렁이에게도 슬픔은 있다. 큰아들은 좌익 운동 하다가 죽고 작은아들을 국군으로서 죽었다. 그 때문에 술을 마셔야 한다는 핑계고, 눈꺼풀이 처진 건 너무 울다가 보니 눈 언덕이 부어서 그렇다는 핑계다. 핑계라고는 하지만 사실이 아닐까. 슬픔을 견디다가 보니까 지렁이가 되었다.

그러나 이보다 더 슬픈 얘기가 있다. 세일백화점 건너편 제세당약국濟世當藥局이 있는데 그 주인을 이곳 주민들은 당수라고 부른다. 당수의 뜻으로 부르다가 보니 어느덧 그 영감은 당수의 관록을 지니게 되었지만 비극의 주인공은 그 당수가 아니고 약국 마루에 우두커니 앉아 있는 조曺 노인이다.

이 조 노인의 아들은 나와 같은 무렵에 서울의 감옥에 구금되었다가 그해의 초겨울 사형을 당했다. 선고를 받고 수갑을

찬 조 노인의 아들과 나는 미결감방에 한동안 같이 있은 적이 있다.

그가 처형될 무렵엔 나는 그와 같이 있지 않았다. 수일 후, 그의 처형 소식을 전해 듣고 나는 며칠 동안 식욕을 잃었다. 수갑을 차인 채 눈을 감고 벽을 등지고 앉은 그의 모습이 지금도 눈에 선하다.

제세당약국의 마루 끝에 중얼중얼하며 앉아 있는 노인이 그의 아버지란 사실을 알았을 때 나는 기겁을 했을 정도로 놀랐다. 점심때쯤 되면 그 노인은 옛날부터 친지인 그 약국에 찾아와선 우두커니 몇 시간이고 중얼거리며 앉아 있다가 해질 무렵 노인의 아내인 노파의 부축을 받고 돌아간다는 것이다.

도원동엔 이처럼 슬픔도 많지만 볼만한 풍경도 많다. 낮엔 숨을 죽이고 있다 밤이면 요란스럽게 피어나는 꽃들이 구석마다에 숨어서 산다. 겨 한 되를 사기 위해 품삯을 손바닥 위에 헤아리는 지게꾼들도 이 골목에 빈대처럼 끼어서 산다. 아침이면 구두약 통을 메고 밝은 눈동자의 소년들이 이 골목 저 골목에서 뛰어나온다. 한 개 10원의 껌을 20원에 팔아 중풍이 든 할아버지를 먹여 살리는 갸륵한 소녀가 살고 있는 곳도 도원동이며 일단 싸움이 일어나면 국어사전에서는 찾아볼 수 없는 욕이란 욕, 악담이란 악담이 홍수처럼 쏟아지는 곳도 이 도원동이다.

대화

"어떻게 해서 감옥살이를 하게 되었죠?"

구멍가게의 안주인 윤 씨가 이렇게 물은 것은 우리들이 서로 알게 된 지 한 달쯤 뒤의 일이다. 언젠가 한번은 받을 질문이라곤 예상하고 있었지만 막상 당하고 보니 당황하지 않을 수 없었다.

"살인강도쯤으로 해둡시다."

나는 어색하게 웃으며 이렇게 말했다.

"아무리."

하는 윤 씨의 눈초리엔 비난하는 빛이 있었다. 성실한 질문을 하는데 답이 불성실하다는 그런 비난이다.

"내가 그런 짓 못 할 사람으로 뵙니까?"

"사람은커녕 파리 한 마리 잡지 못할 것 같애요."

"그럼 살인 미수 정도로 보아두십시오."

"미수?"

역시 윤 씨는 믿기지 않는다는 표정이다.

"레닌을 암살한 사람은 유순하기 짝이 없는 16세의 소녀였답니다. 1차 대전의 도화선이 되었다는 오스트리아 황태자 암살 사건도 그 주인공은 말 없고 온순한 세르비아의 청년이었답니다."

"얘기하시기 싫으시면 말씀 안 하셔도 돼요."

윤 씨는 포도즙을 내 앞에 놓인 글라스에 따라 넣으면서 공연한 질문을 했다는 듯 미안한 표정을 지었다.

 잠깐 침묵이 흘렀다. 포장 바깥으로 오가는 사람들의 발자국 소리와 주고받는 말들이 시끄럽게 흘러들었다. 깜박거리는 간데라의 불 그늘이 윤 씨의 앞이마에 흐트러진 몇 가닥 머리칼을 부각했다. 나는 윤 씨를 미안하게 한 내 언동을 죄스럽게 생각했다. 그래 침을 삼키곤,

 "저의 아버지는 나라에 대해서 불온한 사상을 가지고 있었던 사람이었습니다."
하는 말을 해놓고 나는 망설였다.

 "불온하다니요?"

 "일제 때부터 몹쓸 사상을 품고 있었던 것 같애요."

 "좌익 운동을 했던가요?"

 "엄밀하게 따지면 아버진 좌익이라고까진 할 수 없었던 것 같은데, 해방이 되니까 일제 때의 경력 때문에 좌익들이 자기들 편으로 끌어넣은 모양입니다."

 "그래 지금 살아계시나요?"

 "아뇨. 그런 사정으로 해서 6·25동란이 일어나자마자 비명에 죽었죠."

 "저런."

 윤 씨는 얼굴을 찌푸렸다.

 "그런데 4·19가 있지 않았어요? 그 직후, 어떤 사람들이 절 찾아와서 그렇게 죽은 사람들의 유골을 찾자는 운동이 벌어지고 있으니 같이 일을 하자고 합디다."

"대강 알 것 같애요."

윤 씨에겐 무슨 짐작이 드는 모양이었다.

"어머니와 의논해보겠다고 했지요. 어머니는 그 말을 듣자 깜짝 놀라시드만요. 천부당만부당하다구요. 어머니에겐 무슨 예감 같은 것이 있었던 모양이죠."

"자, 포도즙이나 드시고 얘길 하세요."

윤 씨는 즙이 든 글라스를 좀 더 가까이 내 앞으로 옮겨 놓았다.

"어머닌 절대로 안 된다는 거였어요. 일제 때는 독립운동한 다고 애를 먹이구, 해방 후는 또 그 꼴로 해서 골탕을 먹이구, 죽어선 자식마저 못살게 굴 작정이구나 하면서 죽은 아버지를 비난하기 시작하지 않겠어요? 이왕 비명에 돌아갔으니까 살아 있는 사람이나 편하게 살아야 한다면서 어머니는 펄펄 뛰는 거예요. 그러나 저는 저 나름대로 생각했죠. 유골이라도 찾아서 정성 들여 매장하는 것이 자식 된 도리가 아닐까 하구요. 아무리 아버지가 잘못했다지만 아버지는 아버지라고 생각한 거죠. 그래 어머니에겐 비밀로 하고 유골 찾기 운동에 나선 겁니다. 그게 화근이죠."

"화근이라뇨?"

"처음엔 단순히 유골이나 찾아 매장이나 하자는 순수한 동기로서 시작된 것인데 하다가 보니까 배상금을 내라, 장례비를 내라, 사과하라는 등 과격한 운동으로 번져졌지요. 이를테면 조직이 이루어지자 그 조직을 정치적으로 이용하려는 움직임이 나타나게 된 거죠."

"그럴 때 탈퇴라도 해버렸더라면 아무 일도 없었을 것을……."

윤 씨의 아쉬워하는 표정이 순진한 소녀의 그것과 닮았다.

"그렇죠. 그때 탈퇴했더라면 아무 일 없었죠. 그런데 그게 잘 안되드먼요. 정치적인 작용을 내 나름대로 막으려고 해보았죠. 그게 탈이었습니다. 막으려고 노력한 바람에 점점 그 조직 속에 빠져들어 결국은 다수의 의사에 복종하지 않으면 애당초 그 조직을 파괴하려고 들어온 나쁜 놈이란 낙인이 찍히게 되겠드먼요."

"그랬다고 징역이 10년입니까."

"나는 그 조직의 간부였으니까요. 그래도 나는 가벼운 편입니다. 같이 일하던 사람 가운덴 사형도 있고, 무기 징역도 있구, 15년 징역쯤은 수두룩했으니까요."

"어머님의 상심이 이만저만 아니었겠어요."

"어머니는 광란 상태가 되었죠. 살아서 애를 먹이던 애비가 죽어서도 아들을 못살게 군다고 땅을 치고 울기도 하셨죠. 우리 어머님은 참으로 불쌍한 어머닙니다. 젊을 땐 남편의 덕은커녕 그 옥바라지나 했고 늙어선 또 병든 아들을 짊어지고 고생이니까요. 70 평생에 조금 나았다는 세월이 제가 취직을 하고 있던 불과 10년 동안이죠. 그러니 어머닌 좌익이라면 원수 취급을 하죠."

나는 약간 피로를 느꼈다. 간데라 불빛 밑에 윤 씨와 그렇게 앉아 있는 것이 먼 옛날부터 익혀온 일인 것 같은 착각조차 일었다.

"선생님의 요즘 건강 상태는 퍽 좋아지신 것 같애요."

우울한 공기를 깨뜨릴 양인지 윤 씨는 이런 말을 했다.

"아주머니의 덕택인가 합니다. 포도즙을 마시구 고기 간도 먹구……."

"천만의 말씀을 다 하셔. 허나 그런 게 선생님 건강에 조금이라도 도움이 된다면 얼마나 좋겠어요. 앞으로도 매일 밤 오셔야 돼요. 안 오시는 날은 공연히 기다려져요."

"폐가 될까 해서 안 오지, 그렇지 않은 담에야."

"폐라니, 또 무슨 그런 말씀을 하실까. 아무런 딴생각하시질 말고 산책을 겸해 오시도록 하세요."

나는 잠자코 있었다. 고맙다는 말이 얼른 안 나오는 것은 고맙다는 말로써 나의 감정을 표현할 수 없었기 때문이다.

"그런데 선생님,"

하고 윤 씨는 말을 이으려다 말았다. 나는 그런 윤 씨를 똑바로 쳐다봤다. 눈동자가 유난히 물기를 띠고 있었다. 금방이라도 눈물이 쏟아질 것 같은 그런 눈동자였다. 나는 윤 씨의 돌연한 변화에 어리둥절해선 고개를 떨구었다.

"선생님, 이댐 달 밝은 밤에 해변가에 놀러 가시지 않겠어요? 제가 한턱하겠어요."

"그럴 짬이 있습니까?"

"있구말구요. 저도 하루쯤은 쉬어야 하지 않겠어요?"

나는 좋다고 했다. 포도즙을 마셨다.

서양댁 II

뜻밖인, 참으로 뜻밖인 사태가 벌어졌다. 서양댁이 태평양을 건너온 한 통의 편지를 들고 달려왔다. 가쁜 숨을 돌리지도 않고 어떤 좋은 소식이나 있는가 하곤 빨리 읽어달란다.

편지를 폈다. 이번 것은 육필이 아니고 타이프라이터로 찍은 것이었다. 문장도 달랐다. 지난번의 편지는 철자법과 문법이 엉망이었는데, 이번 편지는 그렇지가 않았다. 정연한 문법·정확한 철자, 조그만 미국 병사가 그렇게 빠른 시간에 문장을 마스터했을 까닭이 없으니 딴 사람에게 부탁해서 쓴 편지인 것이 분명했다.

보다도 나는 내용을 읽고 나서 놀랐다. 요지를 말하면 존과 캐럴라인 어머니가 미국인의 어떤 장교와 이와 비슷한 급의 미국인과 간통을 했을 것이란 내용이었다. 이유인즉 한국인의 통역이 그렇게 훌륭한 편지를 쓸 수 없다는 것이고 "만일 한국인이 쓴 것이라면 외무부 장관이나 그와 비슷한 상류인이 썼을 텐데 그런 사람이 당신을 위해서 편지를 써줄 리 만무하다."는 것이고 그러니 미군의 장교와 하룻밤을 동침한 끝에 그 편지를 쓰게 한 것일 거라는 단정을 하고 있는 것이 아닌가.

그리고 이어 다음과 같이 쓰여 있다.

"나는 쓸 돈 안 쓰고 절약해서 당신과 같이 잘살려고 애쓰고 있는데 당신은 그동안을 참지 못해 그런 짓을 했으니 지금 나는 절망 상태에 있다. 그런 여성이 아니라고 믿었기 때문에 한국 여성과 결혼한 것인데 이 꼴이 되고 보니 '갓댐'이다. 달리 연락할 테니 존과 캐럴라인을 미국으로 보내라."

그 편지를 읽고 나니 얼떨떨해졌다.

내가 쓴 편지가 그렇게 훌륭했다고 생각하지 않거니와 존과 캐럴라인 그리고 그 어머니를 위해서 다한 나의 정성이 그런 꼴이 되고 보니 정말 어처구니가 없었다. 나라는 인간은 참으로 운이 사나운 인간인가 보다. 내가 앉으면 그곳이 더럽혀지고 내 손이 가 닿으면 그것을 시들게 하고……. 남에게 타이프라이팅까지 시킨 것을 볼 때 그 사나이의 심중에 어떤 폭풍이 일고 있는가를 상상할 수도 있었다.

좋은 소식을 기다리고 있는 서양댁에겐 가혹한 일이었지만 바로 얘기 안 할 수도 없는 형편이다. 그 편지의 뜻을 전해 듣자 서양댁의 얼굴이 붉으락푸르락하더니 냅다 내뱉는 것이었다.

"그놈의 자식, 참 의심도 많지유. 원래 그랬에유. 거리를 걷다가 내가 누굴 조금 보기만 해두유 질투를 하거든유. 참 기가 막혀유. 그렇게 의심이 되거든 빨리 데리고 가면 될 게 아닌가 바유. 내가 미군 장교허구 붙었다구유?"

흥분만 하고 있을 일이 아니었다. 곧 편지를 쓰자고 했다. 쓰자고는 했지만 난처한 일이다. 하여간에 오해라는 점을 밝혀줘야 하겠는데 그러자면 여간 복잡한 편지가 아닌 것이다.

그런 복잡한 편지를 써낼 수 있는 자신이 도저히 내겐 있을 것 같지가 않았다.

다시 거리의 책점을 몇 군데 들렀다.

지난번의 편지를 쓴 사람은 나이 35세지만 체력은 85세의 사람과 비슷하다는 것, 그 사람이 그 편지를 쓰기 위해 예낭의 책점을 거의 돌았다는 것, 미군 장교나 고급 관리를 캐럴라인의 어머니는 코끝도 보지 않았다는 것, 가장 확실한 방법은 당신이 와서 편지를 쓴 사람을 직접 만나보면 알 것이 아니냐는 등의 내용으로 얼버무려 겨우 한 통의 편지를 썼다. 그런 편지를 쓰자니 자연 과대한 표현이 되기도 했다. 실력이 없는 사람은 과부족 없이 알맞은 표현을 할 수가 없다.

서양댁은 고맙다면서 일금 200원을 내놓았다. 나는 한사코 거절하고 도로 집어넣으라고 했지만 서양댁은 밖으로 나가버렸다. 뒤쫓을 기력도 없었다. 받아선 안 될 돈이라고 호주머니에 넣으면서 언제든 그걸 가지고 존과 캐럴라인의 장난감을 사기로 마음에 다졌다.

그리고 이틀 후, 점심때가 조금 지나서 나는 서양댁이 두고 간 200원으로 산 털실로 만든 곰 두 마리를 들고 서양댁 집을 찾았다. 대강 들어둔 터라 집 찾긴 그다지 어렵지 않았다.

집 앞으로 시궁창이 흐르고 있어서 아직 초여름인데도 냄새가 보통이 아니다. 한길 쪽으로 담배 가게를 내고 있는 안집으로 들어섰더니 아이들이 밥 먹는 것을 보고 있던 서양댁은 반색을 하며 일어섰다.

"선생님 이게 웬일이시유."

"이것 아이들에게 주세요. 곰입니다."

하고 나는 들고 왔던 곰을 마루에 놓았다.

"이런 신세까지 져서 되겠시유?"

하며 거절하려는 것을 굳이 떠맡기고 나는 아이들을 보았다. 아이들은 된장 뚝배기를 사이에 두고 밥을 퍼먹고 있다가 낯선 사람이 들어오는 것을 보자 숟가락질을 멈췄다.

여섯 살이란 캐럴라인, 세 살이란 존, 둘 다 혼혈아라고는 도저히 생각할 수 없는 순 서양종이었다. 파란 눈, 금발, 수밀도 껍질 같은 피부. 바로 미국 그림책에서 도려내 놓은 것과 같은 서양 아이가 된장 뚝배기를 놓고 밥을 먹고 있는 광경에 기묘한 도착감조차 가졌다.

"예쁜 아이들인데요."

나는 감탄을 금할 수 없었다. 정말 예쁜 아이들이었다.

"그래서 우리 집 양키는 여간 자랑이 아니래유. 그런데두 이처럼 팽개치고 있으니 말유."

"팽개친 게 아니죠. 쓸 돈 안 쓰고 돈을 모은다고 하잖았습니까."

"그래도 그 편지 보세유. 우찌면 그리도 인정머리가 없을까요."

"오해를 한 거니까 답장이 가면 곧 풀리겠지요. 걱정하지 마시오."

서양댁은 마루에라도 좀 걸치라고 방석을 가지고 왔다. 선

걸음으로 갈 작정이었지만 아이들이 하도 귀여워서 잠깐 앉기로 했다.

"이름이 뭐지? 그리고 몇 살?"

하고 딸애에게 물었다.

"캐럴라인, 여섯 살."

딸애는 또렷한 한국말로 대답했다.

"아가의 이름은?"

이번엔 머스마에게 물었다.

"존."

양 뺨에 보조개를 띠며 존은 귀엽게 대답했다.

"그런데 하필이면 애들 이름을 캐럴라인, 존이라고 했을까요?"

"애들 아버지가유. 뭐라더라, 그 대통령, 총에 맞아 죽은 대통령 말이유."

"케네디 대통령?"

"그래유, 그 대통령을 대단히 좋아했어유, 그런데 그 대통령이 죽었다고 듣구유, 대통령 딸과 아들 이름과 꼭 같이 한다구유, 그렇게 지은 거유."

"참 좋은 이름입니다. 나도 케네디 대통령을 대단히 좋아하죠."

나는 말을 멎고 케네디 대통령의 암살 보도를 옥중에서 들었을 때의 감회를 상기했다. 세계에 군림한 미국 대통령의 죽음을 한국의 옥중에 앉아 애통해한 스스로의 마음을 얄궂게 느꼈던 일까지 기억에 되살아났다. 그래 고국을 멀리한 군인이 자기가 존경하고 사랑하던 대통령이 죽었다고 듣고는 자기의 아들딸에게 그 대통령과 아들딸 이름을 붙여 마음을 달랜 그 심중을 알 것만 같았다.

"어떤 일이 있어도 캐럴라인 양과 존 군을 잘 기르십시오."

멋쩍은 이런 말을 하게 된 것도 그러니까 내 나름대로의 감회가 있었기 때문이다.

커피라도 한잔하고 가라는 것을 굳이 사양하고 초여름의 햇빛 밑을 걸으면서 나는 생각해보았다.

그 소녀가 어떻게 클까. 그 소년이 어떻게 클까. 그들이 성장해서 활약하게 되었을 때 그들은 이 예낭의 빈민굴에서 겪은 그들의 유년 시절을 어떻게 회상할까!

지금은 궁하지만 그들에겐 빛나는 장래가 있을 것만 같다. 하늘은 그들을 불행하게 하기 위해서 그처럼 예쁘게 만들진 않았을 것이다.

배리背理의 숲

시골약국의 여주인은 나와 국민학교 동기 동창이다. 물론 내 사정을 잘 안다. 경숙이 내 곁을 떠난 사실도 알고 있다. 그만큼 피차 허물없이 아무 말이나 주고받을 수 있는 사이기도 하다. 나이드라지드를 사러 간 김에 가게 안에 다른 사람도 없고 해서 나는 카운터에 기댄 채 중얼거렸다.

"경숙일 보았는데."
"어머나 언제."
"한 달포쯤 전인가?"
"그래 어쨌어?"
"조금 뒤따라가 보았을 뿐야."
"그래서?"
"저 윗 골목에서 차를 타고 가버리드만."
"그것뿐야."
"그것뿐이지."
"불러 세워놓고 얘기나 좀 해볼걸 그랬지?"
"곁에 남편으로 보이는 사람이 있드구먼."
"남편?"
"응."
"참 시시하다. 그래 아무렇지도 않더란 말인가?"
"왜 아무렇지가 않았겠어."
"잊어버려!"
안경 너머로 눈을 번쩍하면서 안주인은 단호하게 말했다.
"잊어버리고 빨리 병이나 고쳐. 그래가지고 인생을 재출발하는 거야."
"재출발?"
하고 나는 웃었다.
"재출발해선 보라는 듯이 살아야 해!"
"보라는 듯이라니, 누구 보라는 듯이 말야."

"경숙이나 그 사내가 말야."

나는 소리를 내어 웃었다. 그게 허허한 웃음으로 들렸는지 몰랐다.

"사내대장부가 그쯤으로 의기를 잃는대서야 말이 돼? 건강도 먼저에 비하면 월등하게 좋아진 것 같구……. 돈 걱정 말구, 무슨 약이든 갖다 먹어. 좋은 약을 얼마든지 대줄 테니까."

"그럴 필요가 없어."

"왜 그럴 필요가 없다는 거지? 돈은 이담 성공하면 갚아줘."

"성공?"

나는 다시 웃었다.

"오늘은 나이드라지드뿐만이 아니라 파스도 가지고 가고 주사약도 쓸 만큼 가지고 가요."

"아냐 나이드라지드 하나면 돼."

"왜 이렇게 꽁생원일까."

"내 병은 내가 잘 알아. 결핵균하고도 페어플레이를 해야 하는 거야. 여태껏 안 하던 짓을 하면 결핵균이 혼란을 일으키게 되거든. 우리는 조약을 맺고 있는 거나 마찬가지지."

"조약, 무슨 조약."

어이가 없다는 듯 약제사는 웃었다.

"나는 나이드라지드 이외의 약은 안 먹기로 하구, 결핵균은 더 이상 공격 않기로 하구."

"약간 돈 것 아냐?"

약제사 겸 여주인은 자기의 머리를 손가락으로 가리켰다.

"그럴는지 모르지."

 손님이 들어왔다. 나는 나이드라지드만 골라 들고 받지 않으려는 돈을 언제나 하듯 카운터 위에 얹어놓고 밖으로 나와 버렸다.

 거기서부터 나의 작업은 시작되는 것이다. 이른바 '관념의 작업'. 수십 번을 거듭하는 바람에 나의 작업은 요즘에 와서 썩 세련되었다고 할 수가 있다. 관념의 작업이란 상점 하나하나의 쇼윈도를 들여다보면서 내 마음에 무늬를 놓는 일이다. 약국 바로 이웃에 있는 운동구점부터 시작이다.

 천장에 방울방울 매달린 풋볼. 근육이 강철처럼 엮이고 강철처럼 빛나는 건장한 다리와 다리. 공을 중심으로 불을 튀기는 청춘의 격렬한 동작과 그 감동……. 유선형 스타일의 야구 배트는 백구白球와 푸른 하늘 푸른 잔디를 연상케 한다. 글러브 크기만큼 확대된 손의 매력……. 라켓, 선명한 백선으로 그어진 장방형 신록, 소녀들의 밝은 웃음, 청결한 유니폼. 소녀의 유방의 촉감을 방불케 하는 고무로 만든 공. 운동구점을 보면 혁명을 대기하고 있는 무기고를 연상한다. 청춘의 폭발을 준비하는 고요한 진열. 언젠가는 백열된 시합장으로 나가야 하는 긴장된 준비, 무기물의 선수…….

 다음은 악기점.

 진열장에 놓인 그랜드 피아노. 하얀 키와 검은 키의 심메트리컬한 행렬. 프록코트나 드레스의 정장 없인 근접을 금하는 위엄. 악보대에 놓인 닫힌 바이어의 교본. 피아노의 비극은 파데레프스키의 위엄을 가능케 하면서 플레이보이의 장난감이 될 수 있다는 데 있다. 여왕과 창녀. 바이올린은 마술의 상자, 기타는 연애의 서정. 피아노 옆에 놓인 아코디언은 호랑이 곁에 앉은 고양이를 닮았고 색소폰은 돼지의 주둥이를 방불케 하는 호색감, 클라리넷은 빈혈된 손가락을 연상케 하고 트럼펫엔 털투성이 손이 격에 맞는다.

가구점. 이 호화찬란한 온 퍼레이드. 화류장은 화류계의 지향脂香을 풍기고, 부드러운 촉감의 소파엔 불의의 음탕이 서렸고, 사이드 램프가 달린 더블베드는 간통의 매력을 가르친다. 허영과 음탕한 냄새가 횡일한 가구점, 그런데 나는 왜 가구점에만 가면 음탕한 냄새를 맡게 되는지 알 수가 없다.

양품점은 애인이 옆에 있어야 볼 수 있는 곳이다. 연지색 스웨터 하나라도 손끝에 실감할 수 있는 유방이 없고선 허수아비의 의상이나 다를 바가 없지 않은가. 핑크빛 드레스는 만져 볼 수 있는 각선을 실감하지 않고서는 마네킹의 의상에 불과한 것이 아닌가.

라디오점. 소음이 문화에 편승하고 문화가 소음에 편승하는 기묘한 야합이 라디오가 아닐까 싶다. 어느 때나 베토벤의 선율을 생산할 수 있으면서 그런 마술에 불감증을 느끼도록 훈련하는 기계. 텔레비전은 사람의 환상에서 그 신선한 빛깔과 꿈의 매력을 뺏어갔다. 그러나 이런 말이 있더라. "텔레비전도 모르고 죽어간 사람들." 6·25에 죽고 2차 대전에 죽은 벗을 추도한 어느 사람의 글귀다. 그 사람은 또 이와 같이도 말하고 있었다. "우리의 생이란 탄환이 저곳에 떨어지고 이곳에 떨어지지 않았다는 그 가냘픈 우연의 결과."라고. 따지고 보면 인간이란 별것이 아니다. 조총의 탄환 한 개로 그 정신적 통일체는 사라져 없어진다. 법률 조문 하나로 살아 있는 사람을 교수대에 매달 수도 있다. 가스실에 집어넣어 일순에 수백만 수천만 명의 사람을 재로 만들 수도 있다. 라디오와 텔레비전은 음악을 반주로 하고 그런 일들을 전하고 외친다.

책점. 이곳이야말로 우울한 곳이다. 역사 위의 대천재가 표절의 사기사와 어깨를 나란히 하고, 최고의 책이 최저의 책과 더불어 동열에 서 있다. 뿐만 아니라 아무리 좋은 책이라도 팔리지 않으면 잘 팔리는 속악한 책에게 자리를 양보해야 한다. 상인의 타산 저편에 보이는 저자들의 얼굴이 창백하다.

금은 보석상은 숨이 막히는 광경이다. 하늘과 땅의 섭리가 정精으로 응결된 금·은·옥, 그것이 어떻게 이 거리의 이 가게에 모여 유혹의 빛깔을 뽐내게 되었을까. 존귀한 보물이 매춘부가 되어가는 역정, 보면 볼수록 정교한 세공. 유혹을 위한 치밀한 간계. 그러나 내게만은 그 유혹이 작용하지 못한다. 나는 그 가게에서 지친다.

뒷골목으로 들어서면 명정酩酊의 거리.

사람에겐 과연 술에 취해야 하도록 말짱한 정신이란 있는 것일까. 사람에겐 과연 술로써 마비시키지 않으면 안 될 고통이란 것이 있는 것일까. 산다고 하는 것은 곧 죽어가는 것이다. 빨리 죽도록 학대하는 노릇이 곧 살아가는 방편인 것 같다. 서

서히 자살하고 있는 사람들! 취한들의 흐느적거리는 걸음걸이를 보면서 항상 내게 떠오르는 상념은 이런 것이다.

폭풍과 꽃

홍아흥업사興亞興業社라는 게 도원동에 생겼다. 아시아를 흥하게 하고 업을 흥하게 하겠다는 대단한 포부를 나타낸 간판인데 그 밑에 있는 문을 열고 들어가면 그저 전당포일 뿐이다.

"제기랄 홍아흥업사? 뭣 서민금고? 요즘은 별난 이름이 다 있더라. 며칠 전, 신문을 보니까 전천후 농업이란 게 있드만. 언제는 농사가 전천후가 아니고 부분천후던가?"

여윈 사람은 신경질이라더니 우주전파사의 사장은 이렇게 신경질적으로 말했다. 나는 아는 척을 했다.

"가물어도 농사를 지을 수 있게 한다는 말이야. 전천후 농사란."

"제기랄, 석 달 열흘만 가물어봐라, 농사구 지랄이구 되는가. 그건 그렇다 치구 서민금고란 또 뭐야. 전당포라면 그만이지."

우주전파사의 주인에겐 못내 홍아흥업사란 간판이 아니꼬운 눈치다. 그러나 나는 그 홍아흥업사에 스프링코트를 잡혀 놓고 일금 2,000원을 빌렸다. 도레미 위스키의 안주인 윤 씨와 달 밝은 밤에 바닷가로 놀러 나가기 위한 자금이다. 윤 씨는 돈 걱정일랑 말랬지만 남자의 체면이란 그런 것이 아니다.

음력으로 7월 16일 밤, 윤 씨와 나는 해변가 어떤 여관방에서 서너 병 맥주를 갖다놓고 달을 바라보고 있었다. 달은 하늘에 있고 그 빛은 은가루를 뿌린 듯 파도의 유착임을 받고 부스러지기도 하고 퍼져 나가기도 했다. 나는 한동안 윤 씨의 존재도 잊고 달에 매혹되어 있었다. 달이란 참으로 사람을 미치게 한다. 나는 어느덧 형무소의 감방의 쇠창살 창에 걸렸던 달을 회상하고 있었다. 일단 형무소를 다녀 나온 사람의 눈은 다르다. 역사라는 의미, 법률이라는 의미, 사회라는 의미, 인생이란 의미를 적막하고 황량한 빛깔로 물들여놓는 눈이 되어버린다. 나는 아직도 감방에 있어야 할 나를 생각했고 지금 이렇게 예낭의 바닷가에서 달을 쳐다보고 있는 폐결핵균을 생각한다.

"선생님, 쓸쓸하세요?"

윤 씨가 건네는 말에 나는 정신을 차렸다.

"쓸쓸할 게 뭐 있습니까. 이처럼 달이 황홀한 밤인데요."

"제 얘기 들어보실라우?"

"예, 듣죠."

나는 윤 씨를 향해 고쳐 앉았다. 윤 씨는 조용조용 얘기를 엮어나갔다. 파도 소리가 높게 낮게 반주나 하듯 귓전을 스쳤다.

해방을 맞이한 해 윤 씨는 여학교의 2학년이었다. 일본의 교토京都에서였다고 한다.

"해방하자 곧 예낭으로 돌아왔지만 이렇다 할 일자리가 없었어요. 부모님은 차례차례로 돌아가시구요. 오빠는 아직 일본에 남아 있죠."

윤 씨는 한숨을 섞었다. 학교에 다닐 처지도 못 되어 어떤 회사의 급사로 들어갔다. 그 뒤 피복창 여직공 노릇도 했다.

"스물한 살 되던 해 결혼을 했죠. 결혼한 지 두어 달쯤 해서 6·25사변이 터졌죠. 아들을 낳았죠. 지금 야간 중학에 다니고 있어요."

그 아들이 세 살 때 남편은 일본으로 밀항을 했다. 그 뒤론 전연 소식이 없었다.

"죽었는지 살았는지 알 길도 없구요."

윤 씨의 말은 달빛에 물들어 더욱 애통하게 들렸다.

"벌써. 서른여섯입니다. 제 평생은 이럭저럭 가버린 셈이죠."

내겐 위로할 말도 없다. 폐결핵 3기에 있는 폐인이 위로를 하면 그 위로는 더욱 비참하게 될 것 같아서다.

"남편을 기다릴 기력조차 없어지는 것 같아요. 죽었는지 살았는지나 알았으면 해요."

나는 할 말을 잃고 참 오늘 밤은 7월 16일이니 7월 기망이로구나 하고 소동파의 〈적벽부〉를 상기했다.

"임술의 가을, 7월 기망에 소자蘇子는 벗들과 더불어 배를 띄워 적벽의 아래서 놀았다. 청풍은 서래徐來하고 수파水波는 불흥不興인데……."

나는 한문을 아버지로부터 배웠다.

"재산도 없고 지위도 없는 애비가 네게 가르쳐줄 것이라야 한문밖에 없다."

이렇게 말하고 틈이 있을 때마다 아버지는 내게 한문을 가르쳤는데 아버지는 나의 총명을 반기고 대견하게 여겼다.

'그런데 그 총명하다는 것이 나의 인생에 어떤 의미를 가졌단 말인가!'

나는 나도 모르게 들뜬 기분이 되어,

"지금으로부터 약 1,000년 전, 이 밤에 소동파라는 송나라의 시인이 지금 보는 저 달을 보면서 지은 시가 있습니다."

하고 〈적벽부〉 얘기를 꺼냈다. 〈적벽부〉 얘기는 곧 아버지 얘기로 옮겨갔다.

"훌륭하신 아버지셨구먼요."

윤 씨는 감동한 투로 말했다.

"훌륭한 사람이 개처럼 끌려가 죽습니까."

나는 괴팍한 소리를 했다.

어느덧 통행금지 시간이 박두해 있었다. 나는 자리를 뜨자고 했다. 그랬으나 윤 씨는 묵묵하게 고개를 떨구고 일어설 생각조차 않는 것 같다. 나는 다시 재촉을 했다.

"술 한잔 더 하시지 않겠어요?"

"시간이 다 됐는데."

나는 어물어물했다.

"통행금지 시간이 되었으면 여기서 자고 가면 안 되나요?"

"그거 안 됩니다."

나는 황급하게 말했다.

"안 될 게 뭐 있어요. 10년을 꼼짝 않고 살았는데, 10년 만의 외출인데."

윤 씨는 술에 약했다. 맥주 두 병으로 정신을 차리지 못할 정도로 취한 모양이다. 아니 스스로의 기구하고 안타까운 운명을 밝고 그윽한 달빛의 조명 아래 펼쳐놓고 그 감회로 해서 더욱 취했는지 모를 일이다.

"선생님, 평생토록 이렇게 살아야 하는 건가요?"

윤 씨는 방바닥에 엎드려 흐느끼기 시작했다.

그 언젠가 경숙의 얘기가 나왔을 때 그처럼 단호하게 비판한 윤 씨가 아니었던가. 그러한 윤 씨가 이처럼 약해져 있는 것이 안타까웠다.

"살고 봐야지요. 어떻게든 살고 봐야지요."

"그런데 선생님같이 좋은 분이 어쩌면 그렇게 불행하죠?"

윤 씨는 눈물 자국이 난 눈으로 바라보며 말했다.

"불행하다니, 전 불행하지 않습니다."

나는 힘을 주어 말했다.

"이 세상엔 진짜 불행이 있어요. 진짜로 불행한 불행이."

"아직도 선생님은 떠나간 부인을 생각하고 계셔요?"

"생각은 하죠."

"미련이 있으세요?"

"미련이야 없죠. 그리고 미련이 있건 말건 모두 지나가버린 얘기가 아닙니까."

시간은 점점 촉박해왔다. 나는 다시 한 번 재촉을 했다.

"가시려면 선생님 혼자 가세요. 전 좀 더 여기 있다가 가겠어요."

"훗날 또 봅시다. 그러니 오늘은."

하고 퍼져 앉은 윤 씨의 팔을 잡고 일으켜 세우려고 했다. 그러자 윤 씨는 온몸의 중력을 내게 기대왔다. 여체의 부피가 그 체중 이상의 중량감으로서 내 가슴에 느껴졌다. 아득한 옛날에 팽개쳐버린 내 속의 남성이 향수처럼 뭉클 고개를 들었다. 나는 위험을 느꼈다. 번쩍 몸을 일으켜 세웠다.

"그럼 아주머닌 주무시고 오시오."

이렇게 말해놓고 나는 아래층으로 내려가 셈을 했다. 간단히 옷매무새를 고친 윤 씨가 창황한 걸음걸이로 내려오고 있었다. 초점을 잃은 눈동자, 두세 가닥 헝클어진 머리칼이 창백한 이마 위에 있었다. 세파에 스쳐 약간 지친 듯한 얼굴과 맵시, 그러나 여성으로서의 아름다움이 매화꽃의 여운처럼 서려 있는 여자.

여관에서 나오는 눈으로 나는 등댓불을 봤다. 교교한 달빛 아래 깜박거리는 등댓불……. 해변에 부딪는 파도가 아름다웠다. 우리들은 마지막 버스를 타고 윤 씨 집 가까운 데서 내렸다.

"우리 집에 가보시지 않겠어요?"

어림도 없는 말이다. 그러나 가보고 싶지 않은 바는 아니다. 우리는 헤어지기까지 한동안을 길가에 우두커니 서 있었다. 통금의 사이렌이 울려 퍼졌다.

"그럼 안녕히 돌아가세요."

나는 등을 돌려 걷기 시작했다. 등 뒤에 윤 씨의 소리가 들렸다.

"내일 밤 가게로 나오세요."

당장이라도 윤 씨 곁으로 돌아가고 싶은 충동을 가까스로 참고 나는 골목길을 걸어 올라갔다. 집 가까운 중턱 길이 꺾이는 곳에 반반한 바위가 있다. 행상꾼들이 흔히 쉬어가는 곳이고 엿장수가 엿판을 내려놓고 가위 소리 내며 아이들을 부르는 곳이다. 나는 가쁜 숨을 돌릴 겸 그곳에 앉았다.

윤 씨의 전신에 풍겨진 일종의 호소가 다소곳한 정감의 향취를 띠고 가슴 밑바닥에 잔잔한 파도를 이룬다. 나는 아까 해변가의 그 여관에서 하려다가 그만둔 말을 되뇌어봤다. 나는 이렇게 말할 참이었다.

"모진 광풍이 불었다고 합시다. 굉장한 폭풍이죠. 뜰에 있는 꽃들이 그 바람 때문에 모조리 쓰러지거나 떨어졌거나 했을 것이라고 생각하고 밤을 새웠다고 합시다. 그랬는데 아침에 일어나보니 한 송이의 꽃만이 무사해 있었을 때 그 꽃이 얼마나 반가움게 여겨지겠습니까. 남편이 집을 나가고 10년이 지났으면 그 뒤 폭풍 속에 남은 아내는 거의 전부 어디론가 가버릴 겁니다. 그런데 당신의 남편이 돌아와 자기의 아내만은 까딱도 않고 정절을 지키고 있는 것을 발견하면 얼마나 반갑고 갸륵하겠습니까. 이 세상에 한 사람쯤은 그런 여자가 있어도 좋지 않겠어요? 모질고 독하게 사랑의 진실을 간직하고 모진 세파 속에 살아남은 여인이 있다는 건, 그것만으로도 이 세상을 흐뭇하게 하는 것이 아니겠습니까."

그러나 나는 그 말을 하지 않은 것을 천만다행이라고 생각했다. 10년을 한결같이 살아온 그 여인의 가슴속에는 지나가는 사람의 그저 공허하기만 한 말을 용납할 수 없는 용광로가 이글거리고 있을 것이다. 그러한 용광로를 안고 지켜온 10년 동안의 정절!

달이 아름다운 것이 아니라 달을 보고 아름답다고 느끼는 그 눈과 마음이 아름다운 것이다.

비 오는 날

아침부터 가랑비가 내리고 있었다. 그래도 어머니는 부두의 가게로 나가셨다. 나는 집에 남았다. 내 병엔 비에 젖는 것이 가장 금물이라고 한다. 창을 열어젖히고 방바닥에 엎드린 채 가랑비 속으로 아득한 바다를 바라본다. 판잣집일망정 조망은 일등이다.

나는 나의 '성'에 손질을 할까, 윤 씨의 행방을 찾아볼까 망설였다. 달 밝은 밤, 같이 해변가에 놀러 간 후로 일주일쯤 윤 씨의 가게에 나가지 않았다가 그 뒤에 가보니 윤 씨의 가게는 없어져 있었다. 부근에 있는 같은 종류의 가게 주인들에게 물어보았으나 아무도 모른다는 얘기였다. 나는 그날 밤, 윤 씨의 집을 알아두지 않은 것을 후회했다. 후회했지만 도리가 없다. 그로부터 줄곧 그 가게 터로 나가보았지만 한 달이 넘었는데도 다시 나타나지 않았다.

'무슨 불행이라도 있었을까!'

하고 궁금하지만 나는 윤 씨에게 그런 일이 없을 것으로 믿고 싶다. 그 야무진 윤 씨는 어디서 어떻게 살아도 떳떳하게 살아갈 것이니까. 그러나 그처럼 내 생활 깊숙이 파고들어선 윤 씨의 소식을 모른다는 건 섭섭한 일이다. 그러나 나는 그만한 슬픔쯤엔 이미 익숙해 있다.

'성이나 만들자! 오필리아와의 얘기나 엮자!'
하고 있는데 발자국 소리가 들렸다. 고개를 돌렸다. 장 청년의 어머니가 쟁반 위에 뭣을 담아가지고 빗속으로 걸어오고 있었다.

"그것 뭡니까?"
하며 나는 일어나 앉았다.

"햇감자, 햇감자를 삶았길래 몇 개 가지고 왔소."
장 청년의 어머니는 햇감자가 담긴 쟁반을 마루 위에 놓았다.

"고맙습니다."
나는 그 햇감자 하나를 집어 입에 넣었다. 물씬한 온기와 더불어 부드러운 감자의 미각이 내 입안의 침과 어울렸다. 감자가 무럭무럭 살찌고 있는 대지 속의 그 검은 흙 향기 같은 것이 느껴졌다.

"오늘은 낚시질 안 갔죠?"
장 청년의 소식을 물은 것이다.

"한사코 말렸지, 그런데 그 애의 색시가 왔다우."
"장 군의 부인이 돌아왔다구요?"
나는 놀라며 되물었다.

"그저께 왔어유."

"그래 어떻습니까."

"그 애는 멍청하게 바라만 보구 있드만."

"알아보긴 합디까."

"글쎄 알아보는 건지 못 알아보는 건지 분간할 수 있어야재."

나는 바로 어제 한길에서 낯선 여자를 만났는데 바로 그 여자가 장 청년의 부인이었구나 하곤 그 여자에게서 받은 인상을 간추렸다. 속눈썹이 긴, 하얀 피부를 가진 단정하게 생긴 여성이었다. 장 청년의 집념을 이해할 수 있게 하도록 아름답기도 했다.

나는 그 고요하고 아름다운 여자가 출세 가도를 달리고 있던 기능한 사람을 사회적으로 몰락시키고, 인생을 갓 시작한 전도 있는 청년을 폐인으로 만들어버린 업을 지닌 여자라곤 도무지 생각할 수가 없었다.

"자기가 스스로 온 건가요?"

나는 궁금해서 물었다.

"내가 찾아갔지. 언젠가의 애기를 듣구, 그 애가 하두 딱해서 혹시나 허구 사정을 했지. 그랬더니 순순히 오긴 했는데……"

내 말을 듣고 장 청년의 어머니가 그 여인을 데리고 왔다는 얘기다. 나는 왠지 불길한 예감에 사로잡혔다. 그 여인이 너무나 아름다웠기 때문이다. 장 청년이 그 여인으로 인해서 겨우 제정신이 들려는 무렵 그 여인이 또 집을 나가게 되면 다시 새로운 비극이 시작되는 것이다. 아무리 보아도 그 여인은 평생

동안 장 청년을 지켜줄 여자는 아닌 것 같으니 말이다. 허나 이런 불길한 상념은 빨리 지워버려야 한다.

장 청년의 어머니는 바로 그 뒷집에 사는 최 노인의 아들이 대단히 위독하다는 얘길 꺼냈다. 최 노인이란 일제 때 고등계 형사를 한 사람이다. 그는 입버릇처럼 "요즘 빨갱이 잡는 수법이 틀려먹었다."고 말하고 다닌다. 일제 때는 빨갱이를 꿈쩍도 못하게 했는데 요즘 경찰은 해이하다는 얘기다. 그리고 그의 평생 소망은 아들이 고등 고시에 합격해서 검사가 되는 데 있었다. 그런데 그 아들이 공부에 지쳐 병을 얻은 나머지 지금 위독하다는 것이다.

장 청년의 어머니가 빈 그릇을 들고 돌아가고 난 뒤, 나는 최 노인의 아들 일을 생각했다. 최 노인의 아들이 시험에 합격해서 검사가 되었더라면 빨갱이 잡는 데 그처럼 집심하고 있는 자기 아버지의 뜻을 멋지게 활용할 것인데 만일 죽는 일이라도 있으면 참으로 원통하게 된다.

오후쯤 해서 권철기가 찾아왔다.

"비도 오고 하니 집에 있을 줄 알았지."

하고 그는 레인코트를 마루에 벗어놓고 성큼 들어왔다.

"지금 한창 바쁜 시간일 텐데 웬일이지?"

나는 반기는 대신 이렇게 물었다.

"바쁠 것 없어. 난 신문사에 사표를 냈다."

"뭐? 사표를 냈다?"

"생각한 끝에 그렇게 했어."

그는 담배를 피워 물었다. 그리고 말을 이었다.

"전번에 사표를 내었는데 권에 못 이겨 또 나가고 하니까 내가 제스처를 하는 양으로 모두 생각하는 모양인데……. 이번엔 도리가 없어."

"자네는 성질이 급해 탈이다. 그래 또 무슨 일이 있었나?"

"무슨 일이 아니라, 신문이란 것, 아니 신문 기자란 직업에 염증이 났어. 새삼스러운 말이지만 이대로 신문 기자 노릇을 했다간 사람이 이상하게 될 것 같애. 친구가 와서 누구가 죽었다고 하면 대뜸 나오는 말이 자살인가? 타살인가? 버스가 사고를 냈다고 하면 사람이 몇 사람 죽었느냐 묻고, 한둘 죽었다면 그건 1단 짜리다, 열이 죽었다면 그건 톱감인데 하는 식으로 되니까 말야. 뿐만 아니라 사회의 부정이 있어도 공분이라든가 그런 건 없고 오늘 톱감이 없던데 그것 됐다, 이런 식이거든……."

"무슨 직업이라도 그런 마이너스 면은 있는 것이 아닌가."

"그렇지, 야구 선수는 바른팔이 커진다든가."

"그 마이너스 면을 견딘다는 게 직업일 텐데."

나는 아쉽게 말했다.

"헨리 밀러라는 미국의 소설가가 있지 왜. 그 사람 얘기에 재미나는 게 있어. 세계가 폭발하더라도 교정 기자는 맞춤법 구두점에만 관심이 있을 거라구. 지진·폭동·기근·전쟁·혁명, 어떤 사건이건 교정 기자의 눈엔 맞춤법이 틀려선 안 되는 기사, 오자가 있어선 안 되는 기사로밖엔 비치지 않을 거란 거야.

난 처음 신문 기자가 되었을 때 특종을 얻을 수만 있다면 사람이 수만 명 죽어도 좋다고 생각했지. 허나 그래도 좋다고 치자. 옳고 그릇된 것을 판단해서 그 판단대로 할 수만 있다면야 굳이 신문사를 그만둘 필요까진 없겠지. 그런데 그것도 안 되구⋯⋯. 무거운 절 떠나라지 말고 가벼운 중이 떠나야지."

"신문살 그만두고 뭣 할래."

"소설을 쓸 작정이다."

"신문이 불가능한데 소설이 가능할까."

"소설이니까 가능하겠지."

그러나 그의 말은 우울했다.

비가 멎었다. 햇살이 퍼졌다. 권철기는 한동안 묵묵히 앉아 있더니 대뜸 물었다.

"넌 매일 뭘 생각하노."

"아무것도 생각하지 않아."

"아무것도 안 생각하고 어떻게 사노."

"생각은 안 해도 꿈은 꾸지."

"꿈은 꾼다, 멋이 있는 말인데. 어떤 꿈?

"묘한 꿈이지."

다시 침묵이 끼어들었다. 권철기는 다섯 개째의 담배를 피워 물었다.

"1피트면 몇 센티미터나 되지?"

철기의 당돌한 질문이다.

"몰라, 그런 건 알아 뭣하니."

"아마 한 자쯤은 되겠지."

"글쎄, 헌데 왜 그런 걸 묻지."

"고래 섹스가 말야 발기하지 않은 채 6피트라거든."

"고래의 섹스?"

하고 나는 실소를 터뜨린다.

"그러니 그놈이 발기하면 10피트쯤 될 게 아닌가. 그렇다면 암컷의 섹스는 어떻겠어. 너는 상상력이 풍부할 테니까 생각해봐."

"그런 걸 생각해야 하나?"

"이 세상에 생각할 게 있다면 바로 그런 거야. 길이가 10피트면 둘레는 절구통만 해야 할 게 아닌가. 그것이 피스톤이 되어 작용하고 있는 장대한 광경을 생각해보라구. 무대는 대양, 조명은 태양, 산덩이만 한 수컷과 암컷이 사랑하고 있을 때 도미니 꽁치니 새우니 오징어니 하는 놈들은 그 주위에서 덩실덩실 춤추고 말야. 캐리커처의 작자나 손댈 일이지 범인으로선 감히 손댈 수 없는 주제가 아닌가."

"도대체 그런 지식은 어디서 얻어 왔니."

"아까 말한 헨리 밀러의 소설에서 배웠지. 밀러란 작가, 멋이 있어. 캥거루의 섹스는 사슴뿔처럼 가지가 돋혀 있대……. 하여간 지금부터 필요한 작가는 밀러와 같은 작가다."

"나는 자네가 호색 문학에 그처럼 관심을 가졌을 줄은 몰랐네. 사회 문제에 더욱 많은 관심이 있는 것 아냐."

"사회 문제? 말도 말게. 사회는 자꾸만 병들어가는데 그 병리의 임상 기록을 쓰란 말인가? 병들어가는 사회 가운데서도 오직 건강하고 정직하고 아름다운 건 섹스다. 나는 정치니 사회니 경제니 하는 것을 생각하면 골치가 아파 미칠 것 같애. 어찌 된 일인지 내가 이렇게 되어야 한다는 방향으론 되지 않거든. 내가 나쁜지, 사회가 나쁜지 까닭을 모르겠어."

그래놓고 철기는 서울에 도둑촌이 생겼다는 얘기, 고급 관리가 억대의 뇌물을 먹었다는 얘기, 구조적으로 부식해가는 사회 현상에 대한 그의 울분을 털어놓았다. 내 속의 결핵균이 킬킬거리며 웃어대는 것 같다. 그리고 말한다.

"너희는 우리 결핵균을 원수 취급하고 있지만 사람들 너희끼리 잡아먹고 먹히고 하는 꼴이 더욱 추잡하고 그로테스크하지 않느냐."

나는 철기의 고민을 잘 안다. 말은 태연스럽게 해도 철기는 그의 대쪽 같은 성격으로 해서 일어나는 트러블로 인해 신문사 간부들과 험악한 사이가 되어 있는 것이다. 사표를 내고 소설을 쓰겠다지만 그것이 그렇게 수월한 일인가.

이것저것 얘기를 하다가 철기는 해 질 무렵에야 돌아갔다. 마음 같아서는 같이 거리로 나가 술 상대라도 해주고 싶었지만 나의 결핵균이 슬금슬금 눈치를 보며 허점을 노리고 있는 것 같아 그만두기로 했다.

나는 철기가 읽어보라고 두고 간 라스웰의 《권력과 인성》을 건성으로 책장만 넘겨보다가 팽개치고 천장을 보고 누웠다. 미열이 돋아 오른다. 나는 기침을 했다. 결핵균이 표동하는 신호다.

철기는 나더러 책을 읽으라고 간혹 이렇게 책을 가지고 온다. 그러나 내겐 책을 읽을 기력도 흥미도 없다. 책을 읽으면 결핵균의 비웃음을 살 것도 같다.

'권력과 인성'이란 표제가 보인다. 나는 싸늘하게 웃어본다. 어떤 철학자가 뭐라고 해도 권력에 관한 한 나의 인식이 보다 절실할 것으로 믿는다.

권력은 이것을 가지고 있는 사람에겐 빛이 되지만 갖지 못하는 사람에겐 저주일 뿐이다. 권력은 사람을 죽인다. 비력자非力者는 죽는다. 권력은 호화롭지만 비력자는 비참하다. 권력자의 정의와 비권력자의 정의는 다르다. 권력자는 역사를 무시해도 역사는 그를 무시하지 않는다. 비력자는 역사에 구원을 요청한다. 그러나 역사는 비력자를 돌보지 않는다. 역사의 눈은 불사의 눈이다. 죽어야 하는 인간과 아무런 관계가 없는 눈이다. 그 점 결핵균은 위대하다. 적어도 죽음에의 계기를 가지고 있는 죽음은 권력자나 비력자를 공평하게 대한다. "법 앞에 만민은 평등하다."는 말은 잠꼬대지만 "죽음 앞에 모든 인간은 평등하다."는 말은 진리다. 일체의 불평등을 구원하는 지혜는 죽음에 있다. 그래서 나는 나의 결핵균과 페어플레이를 할 것을 조약하고 있는 것이다.

반비극反悲劇

가을이다. 하늘은 열이 가신 병자의 얼굴처럼 해맑다. 거리도 가을빛, 바다도 가을빛, 예낭 군중의 얼굴도 가을빛이다.

가을의 이러한 어느 날 나는 거리에 나갔다가 데모하는 군중을 보았다. 젊다는 것은 좋은 일이고, 데모를 할 수 있는 체력과 의욕이 있다는 것도 좋은 일이다. 기를 쓰고 데모를 막는 세력도 있었다. 데모를 하는 측도 데모, 데모를 막는 측도 따지고 보면 데모, 그것이 흥미스러웠지만 나는 뒷길을 걸어야 했다.

데모대와 이를 막는 경찰대가 휩쓸고 있는 거리의 뒷길에는 배암 장수가 병마다에 배암을 담근 것을 늘어놓고 목쉰 소리로 연설을 하고 있었다. 보양 보냉補陽補冷에 배암이 제일이란 것이다. 가정의 화합엔 양기가 제일이고 양기 만드는 방법은 배암 먹는 게 제일이란 음담을 섞은 장광설, 그 배암 장수를 둘러싸고 있는 사람들의 허탈한 모습, 그 모습들엔 데모의 함성이 아무런 의미도 만들지 못하는 것 같다.

다시 걸음을 옮겼다. 데모의 함성은 여전히 들리고 있었다. 그런데 관상책을 펴놓은 노점 앞에 사람들이 서성거리고 있었다. 얄팍한 책 한 권으로 고왕금래古往今來 수백억의 신수를 알아맞힐 수 있다니 신기로운 얘기다. 관상을 보나 마나 자기 일은 자기가 더욱 잘 알 것도 같은데 바라는 것은 어떤 요행이다. 생각해보면 인생에 요행이란 게 있을 턱이 없다. 불행의 씨앗은 이곳저곳에 범람하고 있지만 행복한 요행이란 건 풀밭의 수은을 찾는 격이다. 그러나 사람은 풀밭에서라도 수은을 찾아야 하는 모양인가 보다.

또 걸어가본다. 어떤 사나이와 어떤 아낙네가 수라와 야차의 형상으로 아귀다툼을 하고 있었다. 욕설 사이로 튀어나온 내용을 알아보니 백 몇십 원의 돈이 쟁점인 것 같다. 협잡을 해서 일확천금할 수도 없고 도둑질을 해서 거부가 될 수도 없는 판이니 10원도 대단하고 100원이면 굉장한 일이다. 욕설 섞은 아귀다툼으로 백 수십 원을 이득할 수 있다면 싸우고 또 싸워야 할 일 아닌가.

또 걸어가본다. 뒷골목 양재점에서 젊은 여인이 기장을 재느라고 밉지 않은 웃음을 얼굴에 담뿍 담고 있다. 애인과 더불어 피크닉 갈 때 입을 의상인가, 애인을 낚기 위한 가을 치장인가. 청춘은 저곳에서 데모를 하고 또한 이곳에서 새 옷을 마련한다.

데모가 휩쓸고 있는 거리와 그 뒷골목을 걸으며 형형색색의 일들을 보다가 듣다가 어느 다방에 들렀다. 자욱한 담배 연기 속에 손님들은 심야 열차의 승객들처럼 젖혀 앉았는데 전축은 슬픈 노래를 불렀다.

"그대 나를 버리고 어느 님의 품에 갔나……."

형무소 감방에서 듣던 노래다. 아무리 생각해도 슬플 것 같지 않은 사람이 능청맞게도 슬프게 부르는 노래, 나는 경숙을 생각했다. 그러나 슬프진 않았다.

권철기는 서울로 떠났다. 바다를 버리고 나는 간다고 했다. 바다와 예낭을 버릴 작정을 했을 때 나의 마음이 어떻겠느냐고도 했다. 건강한 사람은 직업이 있어야 한다. 그것이 그가 예낭을 떠난 단 하나의 이유다. 병자는 직업을 찾을 필요가 없다. 병이 곧 직업인 것이다.

단골 약국의 여주인은 경숙에 관한 무슨 정보를 가지고 있는 것 같았으나 내겐 말하지 않는다.

"환절기엔 더욱 조심해야 해요."

하고 나의 얼굴빛을 살폈을 뿐이다.

나도 굳이 묻지 않았다. 그것이 만일 경숙의 불행에 관계되는 것이라면 더구나 듣고 싶지가 않다. 경숙은 어떤 일이 있어도 행복해야 한다. 그렇지 못하다면 나의 스토리가 전부 붕괴되어버린다. 그 스토리가 붕괴되는 날 나의 '성'도 동시에 무너진다. 나의 오필리아는 다시 〈햄릿〉 극 속으로 들어가버린다. 무서운 일이다.

장 청년의 부인이 떠났다고 한다. 다시 낚시질을 시작한 장 청년은 어느 날 낚싯대를 메고 집을 나가선 돌아오지 않는다. 벌써 열흘이 지났는데도 소식이 없다. 바다가 보이는 사립문에 기대서서 장 청년의 어머니는 꼼짝도 안 한단다.

홍아홍업사에 강도가 들었다. 주인은 병원에 입원 중이라고 한다. 그런데도 돈은 한 푼도 빼앗기지 않았다는 얘기다.

"그 영감이 호락호락 강도에게 빼앗길 곳에 돈을 넣어두었을라구."

우주전파사의 사장은 여전히 이런 익살이지만 심한 상처라고 듣고는 누구보다도 심각한 걱정을 한다.

"뼈가 상했으면 똥물을 먹어야 하는 건디."

나는 우주전파사의 사장이 라디오 고치는 사람이 되고 의사가 되지 않은 것을 다행으로 여긴다고 빈정댔다.

"폐병엔 올챙이를 먹어라, 심장병엔 지렁이를 먹어라, 뼈가 아프면 똥물을 먹어라, 어디 병자가 배겨내겠어."

최 노인 아들의 병은 일진일퇴라고 하는데 공교롭게도 그 집에 도둑이 들었다. 1,000원짜리쯤 되는 라디오를 훔쳐가는 것을 늦었어도 일제 때 형사 노릇을 한 경력을 가진 최 노인이 날쌔게 행동해서 도둑놈을 잡았다. 잡힌 도둑놈은 아랫마을에 사는 열일곱 살의 소년. 최 노인은 소년을 실컷 때려놓고도 경찰관을 불렀다. 소년이 울며 애원해도 막무가내다. 내가 어름어름 조명助命 운동을 했다가 호되게 경을 쳤다.

"경찰서에 가서 콩밥을 먹어봐야 버릇이 고쳐지지."

최 노인의 성화엔 당할 길이 없었다.

그날 밤 나는 사로얀의 《인간 희극》을 꺼내 언제나 즐겨 읽는 다음의 대목을 폈다.

……이사카의 전신국에 청년이 들어섰다. 권총을 꺼내 스

팽글러 국장을 겨누며 "자, 돈을 내놔라, 여기에 있는 돈 전부를 내놔라. 내놓지 않으면 죽인다."고 위협했다. 스팽글러 국장은 금고를 열고 돈을 꺼냈다. 지폐 얼마와 종이에 싼 경화를 청년 앞에 놓았다. "돈을 주마, 그러나 네가 권총으로 나를 위협했기 때문에 주는 것이 아니고 네게 돈이 필요한 것 같아서 주는 거다. 자, 이 돈을 가지고 빨리 집으로 가거라. 도난 신고 같은 건 하지 않을 테니 안심하고 가거라."

그런데 청년은 그 돈엔 손을 대려고 하지 않았다. 스팽글러 씨는 다시 재촉했다. "그 돈을 넣고 그 권총을 버려라, 그럼 마음이 편해질 거다." 청년은 권총을 호주머니에 넣었다. 그리고 떨리는 입언저리에 아까 권총을 들고 있었던 손을 갖다대며 "밖에 나가 나 자신을 쏘아버릴 테다." 하고 중얼거렸다. "바보 같은 소리 하지도 마." 하고 스팽글러 씨가 말했다. 그리고 돈을 모아 청년에게 내밀며 "이걸 받아라. 이걸 갖고 집으로 가거라. 권총은 여기 두고 가라. 네가 이 돈 때문에 권총을 겨누었다고 하더라도 이 돈은 네 돈이다. 나도 너와 같은 기분에 사로잡혔을 때가 있었다. 그러니 네 마음을 나는 잘 안다. 무덤과 감옥엔 운수 나쁘게 가난한 집에 태어난 선량한 미국의 청년들로 꽉 차 있다. 그들은 결코 죄인이 아니다. 자 이 돈을 가지고 집으로 가거라." 하고 부드럽게 말했다. 청년은 권총을 꺼내 카운터 위에 밀어 놓았다.

가난한 소년이 일시적인 과오를 범했을 때 이렇게 대접할 수 없을까. 경찰에 넘기는 행동이 버릇을 고치는 결과가 될까. 스팽글러 씨처럼 하는 것이 효과가 있을까. 마음먹기에 따라 범죄는 범죄가 안 될 경우가 있다. 스팽글러 씨를 만난 그 청년은 앞으론 그런 짓을 하지 않을 것이 아닌가. 나는 경찰서로 끌려간 그 소년의 처참하고 당황하고 어쩔 줄 몰라 하는 모습을 뇌리에 떠올려봤다. 그 소년의 앞날이 슬프게만 상상이 된다.

나는 소년의 얘기를 어머니에게 하고 사로얀의 그 구절을 소리 내어 읽어드렸다. "나도 너와 같은 기분에 사로잡혔을 때가 있었다. 그러니 네 마음을 나는 잘 안다. 무덤과 감옥엔 운수 나쁘게 가난한 집에 태어난 선량한 미국의 청년들로 꽉 차 있다. 그들은 결코 죄인이 아니다."란 대목엔 더욱 힘을 주었다.

어머니는 길게 한숨을 쉬었다.

"세상에 그런 사람만 살면 얼마나 좋을까!"

바람이 일었다. 밤은 깊었다. 소년은 추운 감방에서 그 여윈 무릎을 안고 울고 있을지 몰랐다.

종언에의 서곡

가을 날씨는 청명한 채 쇠잔해갔다.

그런 어느 날 어머니는 병석에 누웠다. 병석에 누운 어머니를 보는 건 내 평생에 있어서 처음이다. 그리고 마지막이란 것을 나는 믿게 되었다.

의사는 노쇠·과로라고 진단하고 심장이 극도로 쇠약해서 다시 회복할 순 없을 것이라고 선고했다. 그러나 나는 아주 평정한 마음으로 받아들였다. 종언이 시작된 것이다. 어머니의 70 평생은 아버지의 50 생애를 보태어 120년을 살았고 나의 35세를 보태어 155년을 살아온 셈이다. 위대한 여성의 생애다.

어머니가 숨을 거두는 날, 나는 지구도 그 맥박을 멎을 것을 확신한다. 그 순간 예낭도 멸망한다. 성주 오필리아도 결핵균의 염증이 빚어낸 환상이란 사실로 환원되고 만다. 결핵균마저도 내 싸늘한 시체 속에서 한때 당황하다가 그들의 죽음 앞에 단념하게 될 것이다. 그들의 승리는 그들의 죽음으로써 끝난다. 진정한 승리는 사死의 승리다.

어머니는 힘없는 팔을 들어 헌 보자기를 가리켰다. 그걸 풀어보라고 한다. 은행 통장과 인장이 나왔다. 인장은 내 이름으로 돼 있었다. 통장엔 돈의 부피가 아라비아 숫자로 응결되어 있었다.

"그걸 가지구, 그걸 가지구!"

어머니의 말은 한숨으로 끝난다.

그 돈을 가지고 병을 고쳐보라는 뜻이다. 나는 잠자코 있다. 그러나 말보다도 더 명료한 의사가 나의 눈빛에 나타났다.

"어머니가 죽는 날 나도 죽는다."

어머니는 간신히 혼수상태에 빠진다.

그 혼수상태에서 깨어나면 힘을 가다듬어 겨우 한다는 말이, "내가 죽거든, 불에 태워라. 뼈를 가늘게 갈아라. 뒷산에 올라가서 그 재를 뿌려라. 바다에도 던져라. 아예 무덤을 남기지 마라."

말쑥이 이 지상에서 없어지자는 각오다. 흔적도 없이 보람도 없이 155년의 생애를 지워버리자는 얘기다. 나는 역시 답을 하지 않았으나 그렇게 하기로 마음을 먹었다. 나도 재가 되어 예낭의 바다에 뿌려지길 바란다. 그러나 그건 누가 해줄까! 어머니가 병들어 누운 지 열흘쯤 지난 날이다.

의사가 다녀가고 난 뒤, 어머니가 잠든 틈을 타서 나는 한길로 나왔다. 어디로 가기 위해서가 아니라 싸늘한 외기를 쏘이기 위해서였다. 밤의 노을이 끼기 시작하고 있었다. 예낭의 규모대로 전등이 꽃피고 귀향하는 배의 고동 소리가 들려오기도 했다.

나는 돌연 내 앞에 다가서는 그림자에 놀랐다.

"선생님 아니세요?"

절박한 듯한 목소리는 윤 씨의 소리였다. 윤 씨의 모습이었다.

"이거 웬일입니까?"

음력 7월 16일 밤에 헤어지고는 처음으로 만나는 것이다.

"집을 어떻게 아셨어요?"

나는 얼떨결에 이렇게도 물었다.

"요 아래 가게에서 물었죠."

"추운데 집으로 갑시다. 어머니가 앓아누워 계십니다."

"어머나."

하면서도 윤 씨는 난처한 표정이다.

"그런데 아주머닌 어떻게 된 겁니까."
"아들이 죽었어요. 자동차 사고로."
"……."
"그리고 그 애의 아버지가 죽었다는 소식도 들었어요. 일본의 오빠가 전해왔어요."

나는 서로가 만나지 못했던 두 달 동안에 윤 씨에게 어처구니없는 불행이 다음다음으로 생겼구나 하고 생각하니 가슴이 뭉클했다. 할 말이 없다. 겨우 정신을 차리고 말했다.

"추우니 집으로 들어갑시다."
"초면이지만 문병을 해야죠."
"어머닌 지금 자고 계십니다."

나는 윤 씨를 방 안으로 안내했다.

불빛으로 보는 윤 씨는 눈에 보이게 초췌해져 있었다. 그만큼 아름다워 보였다. 세상엔 초췌한 아름다움이란 것도 있는 것이다. 나는 잠자코 있는 어머니의 얼굴을 열심히 들여다보고 있는 윤 씨의 옆얼굴을 지켜보고 있었다.

인기척의 탓인지 어머니가 눈을 떴다. 눈을 떠도 요즘의 어머니는 의식이 몽롱해져서 사람을 분간하지 못한다. 어머니가 눈을 뜨자 윤 씨는 인사말이라도 하려고 앉은 자세를 고치려는데 어머니의 말이 있었다.

"네가 왔느냐, 네가 올 줄 알았다."

나는 어리둥절했다. 어머니의 뜻밖의 소리에 놀란 것이다. 윤 씨도 놀란 모양이다. 어머니가 다시 말했다.

"내가 너를 찾을 작정을 했다. 그런데 그만 이 꼴이 돼서, 그러나 꼭 돌아올 줄 알았다. 그렇지 않고서야 어디 이 애가……."
어머니는 윤 씨를 경숙으로 알고 있는 것이었다. 나는 심히 당황했다. 그러나 어떻게 할 수가 없다.

어머니는 말을 이었다.

"내가 너무했다. 네겐 아무 잘못도 없는 것을……. 내가 너무했지. 그러나 돌아와줘 반갑다. 네가 올 줄 나는 알았다. 네 덕분에 나는 안심하고 죽을 수 있구나."

윤 씨가 돌연 흐느껴 울기 시작했다.

"울지 마라 며늘아, 네 손을 내봐라!"

하고 어머니는 윤 씨의 손을 만지작거렸다.

"손이 왜 이렇게 거세노. 그 곱던 손이……. 그러나 이젠 됐다. 네가 돌아왔으니……. 영희를 만나면 에미가 돌아와 애비와 같이 있다고 하마. 영희를 만나 할 말이 생겼구나……."

윤 씨의 흐느낌은 멎지 않았다.

"다신 집을 나가지 않겠지?"

어머니의 다짐하는 말이다. 흐느끼는 가운데 윤 씨는 머리를 끄덕였다.

"그럼 됐다."

하고 어머니는 윤 씨의 손을 놓으며 말했다.

"나는 안심하고 죽을 수가 있다."

이 어처구니없는 어머니의 오해는 윤 씨의 발을 우리 집에 묶어버리고 말았다. 그 뒤 사흘이 지나서 어머니는 조용히 영원한 잠길에 들었다.

어머니는 고운 재가 되어 예낭의 흙이 되고 예낭의 바다가 되었다. 예낭의 풍물이 되어버린 것이다. 그러니 예낭 풍물지風物誌란 이 땅의 숱한 어머니 가운데 한 어머니의 기록이란 뜻이다. 그 어머니의 죽음과 더불어 끝나야 하는 기록, 이른바 종언에의 서곡이다. 태양도 끝날 날이 있다.

* 출전: 《세대》, 1972년 5월.

철학적 살인

철학적 살인

 사랑하는 아내에게 과거가 있었다는 것과 그 과거의 사나이와 아내가 정을 통하고 있다는 사실을 알았을 때, 남편은 어떻게 해야 하는 것일까. 상황에 따라 성격에 따라 갖가지의 태도와 행동이 있을 것이다. 민태기閔太基의 태도와 행동은 그런 경우에 있어서의 대표적인 하나의 예가 되지 않을까 한다.

 민태기는 30대의 중간에 있는 나이로 나라에서도 굴지하는 대상사회사의 부장이며 미구에 중역으로 승진할 앞날을 가진 사람이다. 아내 김향숙은 부유한 집안의 딸로서 자란, 재능과 미모가 함께 뛰어난 갓 서른을 넘긴 여성이다. 그리고 두 사람은 금슬이 좋기로 소문난 부부이기도 했다.

더위가 한고비를 넘기고 코스모스에 하늘거리는 바람에 가을빛이 살금 비끼기 시작하는 계절이면 서울의 높고 낮은 빌딩들이 각기 하늘에 선명한 윤곽을 그리게 된다. 그럴 무렵의 어느 날 민태기는 회사의 승용차를 타고 정각 하오 6시에 회사를 출발해서 6시 반쯤에 T동의 자택으로 돌아왔다. 가을이 시작하는 계절의 퇴근길이란 나쁘지 않다는 기분으로 그는 초인종을 눌렀다.

아내는 집에 없었다.

가정부의 말에 의하면 4시부터 몇 차례 연속으로 걸려 온 전화를 받고 5시쯤에 아내는 나갔다는 것이다.

"조금 늦을지도 모르니 식사는 먼저 하시란 분부였어요."

약간 서운한 느낌이 없지 않았으나 아내에게 급한 용무가 없으란 법은 없다. 동창생 가운데 누군가가 초대했는지도 모르고, 여학사회 같은 모임에 긴급한 일이 생길 수도 있는 것이며, 느닷없이 친정엘 잘 가는 버릇도 있고 했으니 민태기는 곧 마음을 편안하게 돌이킬 수가 있었다.

샤워를 하고 파자마를 갈아입고 응접실을 겸한 호화로운 서재에서 신문을 펴들었다. 그리고 식당에 가서 식사를 하곤 거실로 돌아와 텔레비전의 스위치를 넣었다. 텔레비전에선 어색한 코미디가 화면을 메우고 있었다. 강작强作된 코미디는 코미디이기 전에 일종의 파스farce, 웃음극다. 파스는 보는 사람까지 싸잡아 우스운 존재로 만든다. 그러나 민태기는 텔레비전 앞을 떠날 수가 없었다. 그러기만 하면 아내의 부재로 인한 공간과 시간의 공허함이 돋아날 것은 필지의 일이었다.

어느덧 8시가 되어 있었다.

'전화라도 한 통쯤 있음 직한데.'

하는 생각에,

'곧 오겠지.'

하는 생각이 잇달았다.

텔레비전의 뉴스는 텔레비전의 뉴스니까 우울한 것이 아니라, 그 사실 자체가 우울했다. 주식 공개의 문제가 중대한 뉴스거리로 등장하고 있는데 그 내용을 속속들이 알고 있는 민태기는 쓴웃음을 웃을 수밖엔 없다.

연속극의 차례가 되었다. 이곳저곳 다이얼을 돌려보아도 신통한 거라곤 없다. 아무 데나 틀어놓고 바보처럼 들여다보고 있기로 했다. 총각 때는 머리를 땋아 늘어뜨리는 것이라고 어릴 때 할머니로부터 들은 적이 있었는데 텔레비전의 시대극에 나타나는 총각들은 예외 없이 상투를 틀어 올리고 있으니 초보적인 고증도 해보지 않았단 말 아닌가. 꼼꼼한 성격의 민태기는 그런 문제에 신경이 쓰인다. 고증이 틀렸다는 것으로 드라마에 대한 흥미는 잡치고 만다. 계수計數를 틀리는 사원은 무능한 사원이란, 회사에 있어서의 그의 인식과 통하는 데가 있다.

시계 종이 9시를 알렸다.

민태기는 슬그머니 부아가 났다. 아내가 어디를 쏘다니고 있는지도 모르면서 멍청히 텔레비전을 들여다보고 있는 자기가 바보스럽게 느껴졌다.

전화벨이 울렸다. 수화기를 들었다.

"민태기 씨 댁이죠?"

귀에 익은 것 같기도 하고, 생판 처음 듣는 것 같기도 한 목소리가 흘러나왔다.

"그렇습니다."

"민태기 씨입니까?"

"그렇습니다. 누구신지."

"전 민 부장님의 사모님을 잘 알고 있는 사람입니다. 하도 공교로운 일이 돼놔서 저의 이름을 밝힐 순 없습니다. 고민한 끝에 용기를 갖고 거는 전홥니다. 제 말을 듣기만 하십시오……"

마음의 탓인지 음성이 조금 들떠 있었다. 누군진 모르나 사원의 하나임엔 틀림이 없다는 짐작이 갔다. 망설이는 듯 조금 사이가 있었다.

"말씀하세요. 듣고 있습니다."

민태기는 수화기를 귀에 댄 채 한 손으로 담배를 피워 물었다. 떨리는 듯한 목소리가 이어졌다.

"사모님이, 여러모로 확인을 했으니 사모님이 틀림없습니다. 사모님이 지금 P호텔에 있습니다."

"그래서 어쨌단 말입니까?"

민태기는 자기도 모르게 흥분했다.

"아닙니다. 제 말만 듣고 계십시오. P호텔의 스낵바에서 사모님을 보았습니다. 그게 6시 반쯤입니다. 어떤 남자와 카운터

구석진 곳에서 술을 마시고 있었습니다. 한 시간쯤 그곳에 계시더니 옆에 있던 사나이의 부축을 받고 스낵바를 나갔습니다. 호기심도 나고 해서 그 뒤를 따라가 보았습니다. 두 사람은 엘리베이터를 탔습니다. 11층에서 멎더군요. 다른 손님은 없었고 중간에 선 일도 없었으니 같이 11층의 방으로 간 것이 틀림없습니다. 그때부터 전 엘리베이터가 보이는 곳의 소파에 자리를 잡고 8시 반까지 앉아 있었지만 사모님은 나타나지 않았습니다. P호텔의 엘리베이터는 로비를 향해 세 대가 나란히 있는 것뿐이고 그 밖엔 달리 오르내릴 수 없게 돼 있습니다. 8시 반까지 지켜보다가 전 단념하고 다시 스낵바로 가서 아까 두 사람이 앉아 있던 카운터에 앉아 바텐더에게 슬며시 얘기를 걸었습니다. 자연스럽게 지나가는 말투로 이 얘기, 저 얘기를 하다가 사모님과 같이 있는 그 사나이의 정체를 알 수가 있었습니다. 이름은 고광식이구요, 미국에서 무역을 하는 사람인데 일주일 전에 귀국해서 P호텔에 투숙하고 있다는 겁니다. 바텐더와는 C호텔 시절부터 아는 자라고 합니다. 바텐더는 고광식과 친하다는 걸 퍽 자랑으로 알고 있는 말투였습니다. 미국으로 초대하겠다는 말도 있었던 모양입니다. 그리고 프런트에서 알았는데 고광식의 방 번호는 1103호입니다. 아까도 말했습니다만 고민한 끝에 하는 전화입니다. 너무도 공교로운 일이라 저도 얼떨떨합니다. 공연한 짓이란 생각이 없지 않습니다만 진상은 알아두시는 게 좋지 않을까 해서……. 죄송합니다. 이만 실례합니다."

전화는 거기서 끊어졌다.

가슴이 얼어붙었다. 터무니없는 장난 전화라고 하고 싶었으나 그럴 엄두에 앞서 갑자기 한기가 엄습했다. 팔다리가 오그라 붙고 이빨이 덜덜 떨렸다. 가운을 걸칠 양으로 일어서려는데 손아귀에 수화기가 쥐인 채 있었다. 간신히 수화기를 올려놓았다.

파자마 위에 가운을 걸치고 소파에 도로 앉았다. 한기는 사라진 듯했으나 턱은 계속 떨렸다.

피아노 위에 앉은 오뚝이의 유머러스한 표정이 그로테스크하게 확대되어 다가왔다. 항아리에 가득히 넘칠 만큼 꽂혀 만발한 꽃들이 돌연 홍소를 터뜨렸다. 벽에 걸린 〈가르시아의 초상〉이 추악한 마녀의 표정으로 이지러졌다. 창 쪽에 드리운 핑크빛 커튼이 새빨간 피를 내뿜기 시작했다.

'나는 미치는구나. 이게 바로 발광 직전의 상태로구나.'

뇌수의 어느 골짜기에서 신음하는 것 같은 이런 소리가 들려왔다. 이 소리에 일깨워진 듯 뇌수의 다른 골짜기에선,

'미쳐선 안 되지!'

하는 소리가 메아리를 남겼다.

고광식의 얼굴이 꽉 차게 시야를 덮었다. 민태기는 고광식을 알고 있었다. 대학의 동기 동창이며 학교 시절 줄곧 라이벌의 관계에 있었다. 그는 부잣집 아들이었고 민태기는 가난한 농부의 아들이었다. 고광식과 그 일파는 호화스러운 대학 생

활을 했고 민태기는 어두운 음지에서 공부에만 열중했다. 고광식이 민태기를 보는 눈엔 언제나 시골의 천민을 보는 경멸감이 있었다.

'저놈에게 질 수는 없다.'

는 결의가 민태기의 청춘을 지탱한 원동력이었고, 그것이 민태기의 오늘을 만든 조건이라고 해도 과언은 아니다.

'그 고광식과 아내가……. 그들은 언제부터 아는 사이였을까?'

민태기는 와락 일어서서 주먹을 불끈 쥐었다.

'이성을 잃어선 안 된다.'

그는 입을 악물어보기도 했다. 다시 자리에 앉았다.

얼어붙은 가슴에 분노의 불꽃이 일기 시작했다. 그 불꽃으로 인해 민태기는 이성을 되찾게 되었다. 대개의 경우 사람들은 분노와 더불어 이성을 잃는다. 그러나 이와는 반대로 민태기는 분노와 더불어 이성을 되찾는다. 민태기의 분노는 그 불꽃을 안으로 태우기 때문이다. 그는 분노의 불꽃 속에서 사상事象을 더욱 명백하게 파악하는 특징을 가지고 있었다. 분노의 조명 아래 그의 사고는 보다 치밀하게, 보다 신속하게 작용하기도 했다.

오뚝이는 유머러스한 조그만 표정으로 되돌아섰다. 〈가르시아의 초상〉은 그 본래의 우아함을 되찾았다. 항아리에 가득한 꽃들은 침묵의 합창을 시작했다. 핑크빛 커튼만이 여전히 피를 흘리고 있었다. 그것은 민태기의 짙은 눈에 짙은 핏발이 선

탓인지 몰랐다.

민태기는 자기가 아내 향숙을 얼마나 사랑했는가를 생각했다. 그에게 있어서 향숙은 그야말로 훈훈한 행복의 향기였다. 책 읽기를 좋아하는 향숙은 고금의 명작을 읽은 차례대로 민태기에게 그 내용과 독후감을 들려주었다. 때문에 민태기는 읽지도 않고 명작에 통할 수가 있었다. 민태기는 아내 대신 패션 잡지를 뒤져 아내에게 가장 어울리는 의상을 가려내선 그렇게 입혀보는 취미를 가꾸었다.

'오늘도 향숙은 내가 선택한 옷을 입고 그놈과 어울렸을 것이다……'

숨이 막힐 듯했다.

민태기의 눈앞으로 아내의 그 유연하고 아름다운 나체가 펼쳐졌다. 따스한 온기가 묻어 있는 주옥에 비길 만한 젖가슴, 가냘프게 곡선을 그려 탐스러운 궁둥이로 해서 허벅다리로 내려가는 그 생명의 조각, 아, 그 허벅다리 언저리에 피어 있는 오묘한 샘! 그 샘이 지니고 있는 감미로운 마력!

그러나 민태기는 밖으로 번져 나오려는 질투와 분노의 불꽃을 안으로 안으로 몰아넣어야 했다. 그 노력과 고통이 얼마나 벅찬 것이어도 감당해내야만 했다. 그의 이마엔 기름땀이 솟고 숨은 가빴다. 민태기는 자기가 어떻게 해야 할 것인가를 구상하고 계산해야 할 단계에 이르렀다.

먼저 스카치를 한 잔 했다. 꼭 한 잔이어야 한다. 그 이상은 이성의 브레이크에 고장을 일으킬 위험이 있다.

집 안이 너무 조용해선 안 된다. 그러니 텔레비전은 끄지 말고 그냥 두어야 한다. 그런데 텔레비전은 끝나는 시간이 있다. 미리 두세 시간쯤은 감당할 수 있게 녹음기에 카세트를 꽂아 놓아야 한다. 음악은? 베토벤? 너무 장중하다. 모차르트? 너무 현란하다. 차이콥스키? 너무 감미롭다. 무소륵스키? 그것이 적당할지 모르지.

가운은 벗어야지. 춤질 않으니까.

향숙이 들어서면 자연스럽게 대범하게 대해야 한다. 조그마한 의혹의 흔적도 나타내선 안 된다······.

향숙이 돌아온 것은 11시를 20분쯤 넘기고 있을 때였다.

민태기가 엷은 미소를 꾸며 보였을 때 향숙은 부신 듯 그를 바라보곤,

"아, 지쳤어."

하고 남편과 나란히 소파에 앉았다.

화장을 이제 막 한 것처럼 다듬어져 있었다. 더욱이 루주의 신선함이 민태기의 눈을 끌었다. 술 냄새는 없었다. 여느 때보다 향수의 내음이 진했다.

'결정적이다.'

분화구를 찾는 지구 내부의 광열이 일순 민태기의 가슴패기 이곳저곳을 핥아 젖혔다. 그것을 민태기는 안으로 몰아넣었다. 그리고 침을 삼켜 목 안을 축였다.

"옷을 갈아입지. 왜 그러구 앉았소?"

말은 태연스럽게 나왔다.

반가운 신호나 받은 듯이 향숙은,

"아줌마!"

하고 불러놓곤 안방으로 들어갔다. 들어가며 남긴 말은 이랬다.

"미국에 갔다 왔다는 게 그렇게 대단한 건가? 사람을 놓아주려고 해야지."

'진실의 근처까지 말하긴 하누만.'

민태기는 저도 모르게 쏘아보는 눈이 되었다고 느껴 얼른 시선을 누그럽게 했다.

향숙이 샤워를 하는 소리가 들려왔다.

'호텔에서 분명히 샤워를 했을 텐데, 카무플라주하는 셈인가?'

향숙은 이내 샤워를 마치고 잠옷 차림으로 나왔다. 그리고 담배를 물곤 남편을 쳐다봤다. 라이터를 켜주길 기다리는, 언제나와 같은 포즈다.

민태기는 라이터를 켜서 아내의 입술에 물린 담배 끝에 갖다 댔다. 손이 떨릴까 두려워했는데 그러진 않았다.

"대학 때의 동창이 미국 갔다 왔어요. 친정이 서울에 있는데두 호텔에 버텨 앉아 나를 그곳까지 나오라고 하잖아요. 하두 졸라대는 바람에 나갔더니 글쎄……."

"글쎄, 어쩝디까?"

민태기는 대범하게 말을 끼웠다.

"식사를 같이 하자, 술을 마시자, 하구 성화 아니겠어요. 가정에 꽁꽁 매여 산다는 핀잔을 받을까 봐 응응 하는 바람에 시간이 늦어졌지 뭐예요."

민태기는 호텔에 혹시 고광식 부처가 와 있는지도 모른다는 생각을 얼핏 해봤다. 방으로 가기 전에 고광식을 먼저 만난 것인지도 모른다. 아니 그 부인이 향숙의 친구인데 향숙의 친구가 미장원에 나가 있는 동안 같이 스낵바에 있었던 것인지 모른다. 그런 것을 괜한 친구가, 하다가 민태기는 그럴 수는 없다고 생각했다. 이제 막 다듬은 듯한 화장이, 더욱이 너무나 선명한 루주가 무엇이 있었다는 사정을 말해주고 있는 것이다.

'영어의 betray란 말은 참으로 잘된 말이다. 배신한다는 뜻을 가진 이 말은 아무리 달리 꾸미려고 해도 진실을 폭로하고 있다는 뜻으로 쓰인다. 향숙의 선명한 루주는……'

민태기는 이런 엉뚱한 생각을 하다가, 아내 향숙의 가느다란 목줄기를 곁눈으로 훔쳐봤다. 상아를 깎아 만든 공예품 같은 그 우아하고 염려한 목줄기, 그 목줄기가 고광식의 팔에 감겼을지 모른다고 생각하니 선뜻 민태기의 뇌리를 살의가 스쳤다. 동시에 강렬한 정욕이 아랫배를 고통스럽게 자극하곤 척추를 따라 뇌수에 고였다. 그 정욕은 살의를 곁들여 두 팔이 광폭하게 향숙의 목줄기를 향해 뻗을 만큼 충격적이었다. 민태기는 가까스로 그 충격을 억제했지만 언젠가는 향숙의 그 우아한 목줄기를 졸라 죽일 날이 있을지 모른다는 상상에 바르르 몸을 떨었다.

"밤이 깊으니 춥군."

민태기는 저도 모르게 중얼거렸다.

"아 피로해."

향숙은 담배를 비벼 끄며 하품을 했다. 그리고 일어서서 마루로 나갔다.

"아줌마, 금붕어 물 갈았수?"

향숙의 목소리는 마냥 평안스럽기만 하다. 민태기는 일어서 텔레비전을 껐다. 리모트 컨트롤이 있어야 하는데……. 엉뚱한 생각을 또 해봤다. 세계가 붕괴하려고 하는데 텔레비전의 리모트 컨트롤이 무슨 소용이냐. 언제 목이라도 졸려 죽을지 모르는 가느다란 목줄기를 가진 여자가 금붕어 걱정을 해?

민태기는 향숙이 만나러 간 사람이 고광식이 아니라 고광식의 아내일지도 모른다는 생각에 아직도 미련을 갖고 있는 자신을 발견했다.

'이런 것이 탈이다. 그런 아련한 미련 때문에 서툴게 말문을 열어 이편의 의혹을 눈치채일 경우가 있는 것이니 말이다.'

경쟁 업체와의 허허실실한 거래 방식을 통해 조그마한 허점을 보여서도 안 된다는 상사맨의 습성을 익힌 민태기는 그런 점에서도 이성적인 인물이다.

그는 또 이상한 강도로 압박해오는 향숙의 육체를 향한 정욕을 죽이지 않으면 뜻밖의 실수를 저지를 수 있을지 모른다는 경각심을 가졌다. 그러자면 오늘 밤은 말없이 고이 잠들어야 하는 것이다.

"여보, 당신 가끔 먹는 수면제 있지 않소."

민태기를 마루를 향해 말했다.
"수면제는 또 왜요. 이때까진 들어보지 못하는 소릴 하시네요?"
마루로부터 들어서며 향숙이 한 소리다.
"아냐, 오늘 밤은 푹 자야겠어. 내일 아침은 빨리 일어나야 하는데 어쩐지 잠이 올 것 같지 않아."
"수면제에 습관을 들이면 안 되는데."
하면서도 향숙은 문갑을 뒤졌다.
"전연 부작용이 없는 수면제라고 뽐낸 것은 누군데."
민태기의 이 말엔 주저 없이 수면제를 내놓지 않을 수 없게 하는 마력이 있었다.
민태기는 세 알의 베로날을 머금고 냉수를 마셨다. 그리고 위스키를 원샷 하고 다시 냉수를 마시곤 화장실을 들러 침실로 들어갔다.
'지옥이 있다면 지금의 내 마음이 지옥이다.'
하마터면 쏟아질 뻔한 눈물, 그러니까 눈언저리를 적신 눈물을 민태기는 이불의 커버로써 닦았다.
'비누 물방울 같은 행복!'
이 말이 뇌수 전체에 그야말로 비누 물방울 같은 거품으로 번졌다. 민태기는 잠에 빠져들었다.

관철동 어느 중국 요정의 특별실에 고광식과 김향숙, 그리고 민태기가 대질하는 장면을 만들기까지 민태기로선 일주일의 시간과 치밀한 계략과 기민한 동작이 필요했다.

고광식이 부인을 동반하지 않고 혼자 P호텔의 1103호에 투숙하고 있는 사실을 확인하긴 쉬운 일이었다. 며칠을 두고 고광식과 김향숙이 밀회하는 장면을 덮치려고 했으나 그런 기회는 없었다. 도리 없이 민태기는 부하를 시켜 회사의 중역을 가장하고 만날 장소와 시간을 정하게 했다. 미국에서 무역을 하는 사람이면 그 회사의 중역을 만나길 바랄 것이란 짐작이 맞아떨어진 결과였다.

바로 그 장소에 약 20분쯤 늦게 김향숙이 도착하도록 마련도 되었다. 오래간만에 같이 중국 음식을 먹자는 제의만으로도 족했으나 운전사를 미리 집에 대기시켜놓고 만일에 예외라는 것도 없게끔 배려까지 해놓았다.

약속한 시간, 지정한 장소에서 민태기는 기다렸다. 20분쯤 늦게 방문을 두드리는 사람이 있었다. 나타난 사람은 고광식이었다. 고광식은 민태기를 보자 멈칫하는 것 같았으나 곧 태연한 자세로 돌아와선,

"이게 얼마 만이오?"

하고 손을 내밀었다.

"앉으시오. 중역 대신 내가 나왔소."

짤막하게 말하고 민태기는 고광식이 내민 손을 못 본 척했다.

묘한 공기가 감돌았다. 침묵이 견디기 어려웠던지 고광식이 먼저 입을 열었다.

"당신 회사에서 나를 만나자고 했는데 용건이 무엇인지 그

것부터 압시다."

"사람이 하나 더 올 거요. 그 사람이 오거든 얘기를 시작합시다."

하고 민태기는 시계를 봤다. 김향숙이 나타나기까지엔 10분을 기다려야 했다.

"주문하십시오."

하고 보이가 들어왔다. 민태기는 고광식에겐 묻는 법도 없이 이것저것 대여섯 가지의 요리를 시키고 술은 배갈을 가지고 오라고 했다.

고광식이 겸연쩍게 웃었다.

"왜 웃는 겁니까?"

민태기가 싸늘하게 물었다.

"나는 명색이 손님 아뇨. 그런데 손님에겐 한마디 물어보지도 않고 요리를 시키니까 그게 우스워서……."

"시골뜨기를 아직도 면하지 못했단 뜻이겠군요."

"그런 건 아니지만……."

"도리가 없죠. 사람은 자기의 바탕대로 살아야 하니까."

그리고 다시 침묵이 흘렀다. 두 사람은 경쟁이나 하듯 담배를 피웠다.

민태기는 다시 시계를 바라봤다. 2분 전, 1분 전, 30초 전, 20초 전, 이때 노크 소리가 있었다.

"들어와요."

민태기의 소리와 함께 도어가 열렸다. 김향숙은 발을 들여

놓다 말고 고광식의 모습을 보자 멈칫 그 자리에 서버렸다. 고광식의 얼굴에선 핏기가 가셨다.

"이리로 와 앉아요."

민태기는 향숙의 손을 끌어 안쪽 의자에 데려다 앉혔다. 고광식과 민태기와의 중간에 있는 자리였다.

무거운 침묵이 방 안을 억눌렀다.

민태기는 주문한 요리와 술이 다 들어오길 기다려 보이에게 일렀다.

"부르기 전엔 아무도 이 방에 못 들어오게 해요."

"알았습니다."

하고 나간 보이의 등 뒤로 문이 닫히자 방 안의 공기는 아연 긴장했다.

민태기가 입을 열었다.

"간단하게 해결합시다. 고광식 씨, 당신과 김향숙은 언제부터 아는 사이요?"

"왜 그런 걸 묻죠?"

고광식은 새파랗게 질려 있었다.

"왜 묻다니, 나는 물어볼 만하니까 묻는 거다. 솔직하게 말해!"

민태기의 말투는 나지막했으나 거칠었다.

"고등학교 시절부터 아는 사이요."

그러면 어쩔 테냐 하는 배짱을 보이는 고광식의 말투였다.

"그래 연애한 사이요?"

"그렇소."

향숙이 황급히 머리를 들었으나 다시 고개를 숙였다. 말은 없었다.

"지금도 사랑하고 있소?"

"지금도 사랑하고 있소."

고광식의 대답은 당당했다.

민태기는 얼굴을 향숙에게 돌렸다.

"당신도 고광식 씨를 사랑하오?"

"……"

"이건 중대한 문제요. 대답을 하시오!"

"……"

"적어도 한두 사람은, 아니 확실히 한 사람은 생사의 기로에 놓인 문제요. 정직하게 답을 하시오!"

"왜 그렇게 묻죠? 그게 무슨 뜻이죠?"

향숙의 소리는 비명에 가까웠다.

"당신이 고광식과 한 짓이 있잖소. 그걸 나는 다 알고 있소. 그래 묻는 거요. 물어서 나빠요? 나는 모르는 척해야 하나? 말해봐요, 당신이 고광식을 사랑한다면 나는 언제든 물러설 용의가 있으니까!"

향숙은 멍청히 민태기를 바라봤다. 그 멍청한 얼굴을 향해 민태기는 쏘아붙였다.

"내가 이 세상에서 제일 미워하는 놈이 고광식이다. 하필이면 그놈하고 놀아나? 이놈만 아니었더라도 나는 모든 것을 용서할 수가 있다. 고광식은 나를 망치려고 갖은 모략을 다한 놈야. 그러니 말해봐, 고광식을 사랑한다면 나는 깨끗이 물러서겠다. 두말하지 않겠다. 말해봐, 솔직하게! 이 개 같은 년!"

세상이 무너지는 듯한 굉음과 더불어 향숙은 의자와 함께 뒤로 넘어졌다. 민태기는 자기도 모르게 황급히 달려가 향숙을 안아 일으켰다.

"향숙이!"

하고 부르며 민태기는 눈물을 쏟고 있는데 고광식은 냉엄한 자세로 앉아 있었다. 그 자세가 시야에 들어서자 민태기는 안았던 향숙의 머리를 마룻바닥에 도로 놓고 일어섰다. 그리고 고광식에게 다가섰다.

"이 자식아, 향숙은 네가 안아! 그리고 병원으로 데리고 가!"

고광식은 꼼짝도 안 했다.

"지금도 넌 향숙을 사랑한다며? 사랑한다면 이 자식아, 네가 책임을 져야 할 게 아닌가?"

고광식은 여전히 움직이지 않았다.

"사랑하는 사람이 기절을 하고 넘어졌는데 이 자식아, 보고만 있어?"

민태기는 고광식의 어깨를 내리쳤다.

"이놈이 미쳤나?"

고광식이 벌떡 일어서며 민태기를 밀었다. 그러나 완력으로 고광식이 민태기의 적수가 아니었다. 민태기는 고광식의 멱살을 잡고 고광식의 머리를 벽에 한 번 찍어놓고 낚아챘다.

"미쳐? 그래 나는 미쳤다. 나를 미치게 한 놈은 누구지? 그러나 나는 너희의 사랑을 방해할 의사는 없다. 향숙을 사랑한다면 지금 이 순간부터 네놈이 책임을 져라, 이 말이다."

"내가 왜 책임을 져?"

고광식이 민태기의 손아귀에서 벗어나려고 몸부림을 쳤다.

"책임을 못 져?"

"못 지겠다."

"그렇다면 네가 한 행동은 뭣꼬? 장난삼아 남의 부인을 농락했단 말인가?"

"장난은 아냐."

"장난이 아니면 뭣꼬?"

"나는 향숙 씨를 사랑했어."

"사랑하는데 책임을 못 져?"

"내게도 아내가 있어."

안으로 안으로 몰아넣었던 민태기의 분노가 드디어 밖으로 폭발했다.

"뭐라구? 네게도 아내가 있다구?"

민태기는 자기의 손목을 물어뜯으려고 이빨을 세우고 덤비는 고광식의 낯짝을 턱으로부터 밀어 올려 힘껏 벽에다 갖다 부딪쳤다. '쿵' 하는 소리가 지나치게 높았다 싶었는데 고광식의 다리에서 힘이 빠졌다. 고광식의 멱살을 쥔 민태기의 손에 중량이 걸려왔다. 손을 놓았다. 고광식의 몸뚱어리는 꺾어지듯 마룻바닥에 거꾸러졌다. 그 볼품없이 거꾸러지는 꼴이 민태기의 분노를 더했다. 그까짓 메밀대 같은 녀석이 남의 행복의 성을 산산이 부숴놓았다고 생각하니 더욱 용서할 수가 없었다. 창 쪽 나무대 위에 놓인 큼직한 화분을 집어들었을 때 민태기는 결정적인 살의를 가졌다.

'저런 놈을 없애버리는 것도 뜻있는 일이다.'

민태기는 빛나는 날이 있을지도 모르는 자기의 장래를, 냉정한 이성으로 복수의 행동과 맞바꾸기로 했다. 민태기는 정확하게 고광식의 두상을 겨눠 그 큰 화분을 힘껏 내리쳤다.

경찰에 출두한 민태기의 태도는 침착하고 냉정했다. 그의 진술은 그냥 그대로 문장이 될 만큼 정연했다. 현장 검증에서 시종일관 태도에 흐트러진 곳이 없었다.

변호사는 창가의 화분은 두 사람이 격투하는 바람에 넘어진 것이 아닌가 하고 과실 치사의 방향으로 꾸며나가려고 했지만 민태기는 자기가 행동한 그대로를 말하고 분명한 살의가 있었다는 것을 밝혔다. 그리고 덧붙이길

"그놈이 만일 살아 있고 기회만 있다면 나는 한 번 더 그놈을 죽일 작정입니다."

재판정에 있어서의 그의 최후 진술도 이와 같았는데 그 진술에선 색다른 말이 끼어 있었다.

'어떤 법률도 도덕도 사랑을 넘어설 순 없다. 사랑 이상의 가치가 이 세상에 있다고 나는 생각하지 않는다. 남편을 가진 여자가, 아내를 가진 사내가 사랑에 겨워 남의 눈을 피해 밀회를 한다고 할 때 법률은 이를 벌할 수 있을지 모르나 인간성의

재판에선 이를 용서할 것이다. 진정한 사랑은 남의 가정을 생각할 수 없을 정도로 과격하게 발현되는 경우도 있다. 동시에 그 일이 폭로되었을 땐 용감하게 벌을 받을 뿐 아니라 그 사랑에 따른 모든 책무를 져야 한다. 그러나 진정한 사랑이 아닌, 일시적인 기분, 동물적인 성적 충동으로 남의 가정을 유린하는 결과를 가져올 행동을 하는 남녀는 어떠한 명분으로써도 그들을 용서할 수가 없다. 만일 그때, 향숙 씨가 넘어졌을 때 고광식이 달려가서 향숙 씨를 안아 일으키는 성의만 있었더라도 나는 그를 더욱 미워했을지는 몰라도 죽이진 않았을 것이다. 사랑한다면 책임을 지고 데리고 가라고 했을 때 고광식이 그렇게 하겠다고 단언을 했어도 나는 그를 죽이지 않았을 것이다. 내가 그에게 향숙을 책임지라고 마지막 요구했을 때 그는 그 제의를 거절하는 이유로서 내게도 아내가 있다는 말을 했다. 나는 그 말을 듣고 그를 죽일 작정을 했다. 자기의 가정을 파괴할 용의와 각오도 없이, 그만한 사랑도 없이 어떻게 남의 아내를 탐낼 수 있단 말인가. 분명히 고광식은 장난하는 기분으로 향숙을 농락했다는 결론을 얻었다. 장난으로 사랑을 유린하는 놈은 용서할 수 없다. 나는 감정적으로 그놈을 죽인 것이 아니라 나의 철학에 의해 그놈을 죽였다. 그러니 나는 정상의 재량을 바라지도 않고 관대한 처분을 바라지도 않는다……'

질투로 인한 살인 사건, 치정에 의한 살인 사건이라고 하면 간단한 사건이다. 그러나 구형량을 정해야 하는 검사의 심리는 복잡했다. 검사뿐 아니라 남편 된 입장에 있는 사람이면 '그럴 경우 나는 어떻게 행동할 것인가.' 하는 생각을 안 해볼 수 없는 것이다. 사건을 담당한 A 검사는 하룻밤을 꼬박 새우다시피했다.

민태기란 전도가 양양했을 인물에 대한 동정도 있었지만

'나 같으면 어떻게 할까.'

하는 문제를 쉽사리 풀 수 없었기 때문이다

A 검사는 드디어 검사라는 입장은 사정私情을 섞어선 안 되는 입장, 즉 국가를 대표하는 입장에 서야 한다는 원칙을 새삼스럽게 깨달았다. 어떠한 입장에서라도 사사로운 감정으로 사람을 죽여선 안 되는 것이다. 민태기는 분명히 귀중한 국민 한 사람을 죽여 없앴다. 고광식은 살려두었으면 수출 증대에 크게 이바지할 수 있었던 사람이 아니었던가. 남의 가정을 파괴하고 여자를 농락하는 탕아의 존재쯤은 국가 이익에 그다지 큰 손실을 가져오는 것은 아니다. 이렇게 결론을 짓고 A 검사는 민태기에게 징역 10년을 구형했다.

B 판사의 고민도 A 검사의 고민에 못지않았다. 구형이 5년 쯤만 되어도 징역 3년에 집행 유예 5년 정도로 선고할 수 있었을 터인데 징역 10년의 구형이니 사정이 딱했다. 뿐 아니라 징역 10년을 구형하는 논고의 내용이 너무나 완벽하고 보니 선불리 형량을 정할 수도 없었고 정상 재량을 대폭으로 한다면 검찰이 불복할 것이니 아무런 보람도 없을 것이었다.

B 판사는 민태기의 형량을 가급적 적게, 그리고 그 재량을 설득력 있는 것으로 하기 위해서 각국의 판례집을 뒤적이고 있었다.

그러다가 다음과 같은 골자의 판례를 발견했다. 목수를 직업으로 하는 사나이가 있었다. 그 사나이의 이름을 갑이라고 해둔다. 갑은 을이란 자가 경영하는 목공장에서 일하고 있었는데 어느 날 자기의 아내와 을이 정을 통하고 있는 현장을 보고 아내와 이혼했다. 갑은 재혼했다. 그땐 을의 공장에서 나와 다른 데서 일하고 있었는데 처와 을이 또 밀회를 했다. 갑은 그 재혼한 아내와 헤어지고 다시 다른 여자를 맞아들였다. 그랬는데 을은 또 갑의 세 번째 마누라를 농락했다. 이때까진 참아왔던 갑도 드디어 분통을 터뜨려 을을 죽이겠다고 나섰다. 을은 갑의 서슬이 보통이 아님을 알자 어디론지 피신해버렸다. 갑은 만사를 제폐하고 을을 찾아 방방곡곡을 헤맸다. 3년이란 세월이 흐른 뒤 갑은 을을 고베 어느 여관에서 붙들어 비수로써 난자한 끝에 드디어 죽이고 말았다.

이 사건을 재판한 고베 재판소는 심의 끝에 갑에게 무죄를 선고했다. 그 판결 이유인즉 요약하면 법률은 개인의 개인에 대한 복수를 금하는 것을 원칙으로 하지만 이런 경우는 다르다. 일본엔 현재 간통죄가 없어 아내를 빼앗긴 남편의 울분을 풀어줄 합법적인 수단이 없다. 그러니 당하고만 있어야 하는 처지다. 그런데 본 건의 경우는 한 번이 아니라 세 번이나 동일인에 의하여 남자로서의 면목을 짓밟힌 것이다. 그럼에도 불

구하고 법률은 그에게 대해 보복을 금하고 있다. 갑은 자기 힘으로 보복할 수단을 찾았다. 그렇게 해서 보복을 했다. 아무리 법률이라도 인간성을 깡그리 무시할 수는 없다. 법정도 갑에 대해 동정을 금할 수가 없다. 만일 갑이 첫 번째 아내를 빼앗겼을 때 을을 죽였더라도 10년 이상의 형은 받지 않았을 것이다. 두 번째 아내를 빼앗겼을 때 을을 죽였더라면 징역 3년에 집행유예 5년쯤으로 낙착되었을 것이다. 이와 같은 양형量刑의 비율을 감안한다면 한 번 두 번까지 참고 견디다가 세 번째에야 복수를 감행한 갑에겐 무죄를 선고할밖에 도리가 없다…….

이것은 1950년 일본 고베 재판소가 내린 판결인데 검찰도 이 판결 이유에 승복한 것으로 나타나 있었다.

B 판사는 일본 재판관들의 재량권의 폭에 약간 부러움을 느끼면서도 민태기 사건에 참고가 되지 못하는 게 아쉬웠다. 우리나라엔 간통죄가 있어 배신당한 남녀가 합법적으로 보복할 수 있는 기회가 있다. 그런 만큼 민태기에 대한 정상 재량의 폭은 줄어드는 셈이다.

B 판사는 민태기에게 징역 5년을 선고했다. 검찰도 민태기도 이의 없이 이 판결에 승복했다. 민태기는 기결수가 되었다.

기결로 결정된 날 민태기는 변호사의 방문을 받았다. 변호사는 민태기에게 이런 말을 했다.

"김향숙 씨는 기왕 고광식과 연애 관계에 있은 적이 없었답니다. 고광식 편에서 끈덕지게 따라다니긴 한 모양입니다. 이번 P호텔에서 만난 것은 그가 미국에서 자기 아내로부터 무슨 부탁을 받아 왔으니 꼭 만나자고 조르는 바람에 의례적인 뜻 반, 호기심 반으로 그렇게 된 모양입니다. 스낵바로 따라간 것은 대중의 눈이 있는 로비나 커피숍보다는 그곳이 사람의 눈에 덜 띌 거라는 생각에서였는데 향숙 씨는 카운터에서 페퍼민트로 보이는 술을 꼭 석 잔 마셨답니다. 그랬는데 온몸이 나른해지기 시작하더니 앉을 수도 설 수도 걸을 수도 없게 정신이 몽롱해졌다는 겁니다. 엘리베이터를 탄 것까진 아슴푸레 알았지만 방에 들어간 기억도 침대에 누운 기억도 없는데 돌연 자기를 사랑한다는 속삭임만이 계속 귀에 들려왔다는 겁니다. 어떻게 된 셈인지 손발을 까딱할 수도 없었더랍니다. 정신을 차려보니 10시였답니다. 어이가 없었더랍니다. 그러나 창피하기도 해서 목욕탕에 가서 목욕을 하고 화장을 고치고 나오면서 얼굴에 침이라도 뱉고 싶었지만 그대로 나와버렸다는 겁니다. 그런데 중국집에서 그런 장면이 되고 보니 심한 충격을 느꼈던 모양이죠?"

민태기는 조용히 눈을 감고 변호사의 이야기를 끝까지 들었다. 변호사의 말은 계속되었다.

"호텔 같은 데의 바텐더, 일류 바의 바텐더 가운덴 고약한 놈이 있는 모양입니다. 팁이나 후하게 집어주면 여자를 그 꼴로 만드는 기술을 부린답니다."

그런 얘기는 민태기도 일찍부터 듣고 있었다. 다루기 힘든 여자를 이 카운터까지만 데리고 오면 만사형통이라고 제법 뽐내며 하는 말을 어느 바텐더로부터 직접 들은 적이 있는 것이다.

"그러니 향숙 씨를 용서할 수 없겠수? 향숙 씬 거짓말을 하고 있는 것 같진 않습니다."

"나는 벌써 용서하고 있소."

민태기는 조용히 말했다.

"그럼."

하고 변호사가 눈에 생기를 돋우고 말하려는 것을 민태기는 앞질렀다.

"향숙 씨가 거짓말을 꾸몄다고는 생각하지 않습니다. 그리고 난 벌써 용서하고 있습니다. 그러나 같이 살 수는 없습니다. 새로 시작해야죠. 아직 시간은 있으니까. 김향숙 씨를 만나거든 새로 시작하라고 하십시오. 차입이나 편지 같은 건 하지 말라고 일러주십시오. 그리고 변호사께선 빨리 이혼 수속을 서둘러주십시오. 내 도장은 집 책상 서랍에 있습니다. 나는 정말 새로 인생을 시작할 작정입니다."

하고 민태기는 먼저 일어섰다.

"잠깐만."

변호사는 그를 도로 붙들어 앉혔다.

"또 전할 말이 있습니다. 미국에서 성명을 숨긴 사람으로부터 민 선생을 도와주라고 내 앞으로 얼마간의 돈이 와 있습니다."

"까닭 모를 돈을 받을 수가 있습니까. 보낸 사람을 알 때까지 선생님이 보관하셨다가 도로 보내주도록 하십시오."

민태기는 미련 없이 등을 돌려 간수에게 이끌려 감방으로 사라졌다.

민태기의 감옥 생활이 1년이 지났을 때 그는 미국에서 살고 있다는 어떤 한국 여인으로부터 편지를 받았다.

"……김향숙 씨와 이혼하셨다는 소식을 듣고 정말 섭섭했습니다. 그러나 한편 이해할 수도 있었습니다. 남의 불행을 딛고서서 자기의 행복을 탐한다는 것은 도리에 어긋날 일이오나 꼭 말씀드리지 않고는 견딜 수 없는 실정이어서 몇 자 올립니다. 들으니 선생님께선 인생을 새로 시작할 작정이라고 하셨다죠? 인생을 새로 시작할 경우 혹 반려를 구하실 의사가 있으시면 저를 그 제일 지원자로 꼽아두십시오. 채택 여부는 서로 교제한 연후에 하시더라도 그런 지원자가 있다는 사실만을 명념하십시오. 제가 만일 마음에 드신다면 전 한국으로 돌아가 살아도 좋습니다. 고광식은 용서할 수 없는 자입니다. 저는 거번의 사건이 저와 선생님과의 참된 행복에로의 협동을 위한 기회를 마련한 것이란 아름다운 해석으로 지금 생기에 넘쳐 있습니다. 어떻게 이런 뻔뻔스러운 여자가 있을까 싶으시겠지만 근원을 따지면 선생님의 철학에서 얻은 용기가 시킨 행동입니다. 어떤 법률도 도덕도 사랑을 넘어설 순 없다고 선생님은 말씀하셨습니다. 사랑은 모든 가치의 으뜸이라고도 선생님은 말씀하셨습니다. 그리고 선생님은 그 사랑의 철학으로 감히 사람을 죽이기까지 하셨습니다. 저도 그 철학으로 모든 잡스럽고 제이의적인 조건을 넘어설 각오를 했습니다. 가출옥의 은전이 있을 것이라고 하니 2년 후이면 출옥하게 될 것이 아니겠습니까. 저는 그날을 손꼽아 기다리겠습니다. 부디 건강에 유의하시고 아울러 저를 기억해주시기 바라 마지않습니다……."

그로부터 그 여인의 편지는 일주일에 한 번꼴로 민태기의 감방을 찾아들게 되었다.

민태기는 그 편지를 볼 때마다 씁쓸한 웃음을 띠지 않을 수 없었다. 시간이 감에 따라 그는 자기가 한 행동이 철학적인 살인이기는커녕, 경솔하고 허망한 질투가 저지른 비이성적인 행동이었음을 깨닫게 된 것이다. 그러나 고광식을 죽인 것을 결코 뉘우치진 않았다. 사람은 이성에 따르기보다 감정에 따르는 게 훨씬 정직하고 인간적일 수 있다는 신념을 가꾸게도 되었다. 그런데 민태기는 그 편지의 주인, 한인정韓仁貞이란 여성이 고광식의 아내였음에 틀림없을 것이라고 짐작하면서도 그 여인에게로 쏠리는 마음을 어떻게 할 수 없었다. 동시에 불의의 사고로 꼭 한 번 고광식에게 짓밟힌 김향숙의 육체는 혐오하면서도 오랜 시일 고광식의 육체와 섞여 있던 한인정을 용납할 수 있을 것이란 심리적 전개로 해서 스스로 놀라는 마음으로 사랑에 있어서 육체란 그다지 중대한 문제가 아니란 발견을 하기도 했다. 이런저런 생각에 곁들여 민태기는 실현성 여부는 고사하고 만일 고광식의 아내였던 한인정과 자기가 맺어져서 사랑의 성을 쌓을 수 있게 된다면 그건 기막힌 인생의 드라마일 것이라고 생각하곤 했다.

* **출전: 《한국문학》, 1976년 5월.**

|작가 연보|

1921	3월 16일 경남 하동군 북천면에서 아버지 이세식과 어머니 김수조 사이에서 태어남.
1933	양보공립보통학교 13회 졸업.
1940	진주공립농업학교 27회 졸업.
1943	일본 메이지 대학 전문부 문예과 졸업.
1944	와세다 대학 불문과에 재학 중 학병으로 동원되어 중국 쑤저우蘇州에서 지냄.
1948	진주농과대학과 해인대학(현 경남대학)에서 영어, 불어, 철학을 강의.
1954	문단에 등단하기 전 《부산일보》에 소설 《내일 없는 그날》 연재.
1955	《국제신보》에 입사, 편집국장 및 주필로 언론계에서 활동.
1961	5·16 때 필화사건으로 혁명재판소에서 10년 선고를 받고 복역 중 2년 7개월 후에 출감. 한국외국어대학, 이화여자대학 강사를 역임.
1965	중편 〈소설·알렉산드리아〉를 《세대》에 발표함으로써 문단에 등단.
1966	〈매화나무의 인과〉를 《신동아》에 발표.

1968	〈마술사〉를 《현대문학》에 발표. 《관부연락선》을 《월간중앙》에 연재(1968. 4.~1970. 3.), 작품집 《마술사》(아폴로사) 간행.
1969	〈쥘부채〉를 《세대》에, 〈배신의 강〉을 《부산일보》에 발표.
1970	《망향》을 《새농민》에 연재, 장편 《여인의 백야》(문음사) 간행.
1971	〈패자의 관〉(《정경연구》) 등 중단편을 발표하는 한편, 《화원의 사상》을 《국제신보》, 《언제나 은하를》을 《주간여성》에 연재.
1972	단편 〈변명〉을 《문학사상》에, 중편 〈예낭 풍물지〉를 《세대》에, 〈목격자〉를 《신동아》에 발표. 장편 《지리산》을 《세대》에 연재. 장편 《관부연락선》(신구문화사) 간행. 영문판 〈예낭 풍물지〉, 장편 《망각의 화원》 간행.
1973	수필집 《백지의 유혹》(강남출판사) 간행.
1974	중편 〈겨울밤〉을 《문학사상》에, 〈낙엽〉을 《한국문학》에 발표. 작품집 《예낭 풍물지》 영문판(세대사) 간행.
1976	중편 〈여사록〉을 《현대문학》에, 단편 〈철학적 살인〉과 중편 〈망명의 늪〉을 《한국문학》에 발표, 창작집 《철학적 살

	인》(한국문학),《망명의 늪》(서음출판사) 간행.
1977	중편 〈낙엽〉과 〈망명의 늪〉으로 한국문학작가상과 한국창작문학상 수상, 창작집《삐에로와 국화》(일신서적공사), 수필집《성-그 빛과 그늘》(서울물결사),《바람과 구름과 비》(동아일보사) 간행.
1978	중편 〈계절은 그때 끝났다〉, 단편 〈추풍사〉를 《한국문학》에 발표.《바람과 구름과 비》를《조선일보》에 연재, 창작집《낙엽》(태창문화사) 간행, 장편《망향》(경미문화사),《허상과 장미》(범우사),《조선일보》에 연재되었던《미와 진실의 그림자》(대광출판사),《바람과 구름과 비》(물결출판사) 간행. 수필집《사랑받는 이브의 초상》(문학예술사),《허상과 장미》(범우사), 칼럼《1979년》(세운문화사) 간행.
1979	장편《황백의 문》을《신동아》에 연재, 장편《여인의 백야》(문음사),《배신의 강》(범우사),《허망과 진실》(기린원) 간행, 수필집《사랑을 위한 독백》(회현사),《바람소리, 발소리, 목소리》(한진출판사) 간행.
1980	중편 〈세우지 않은 비명〉, 단편 〈8월의 사상〉을《한국문학》에 발표. 작품집《서울의 천국》(태창문화사), 소설《코스

모스 시첩》(어문각), 《행복어사전》(문학사상사) 간행.

1981 단편 〈피려다 만 꽃〉을 《소설문학》에, 중편 〈겨년의 곡〉을 《월간조선》에, 중편 〈허망의 정열〉을 《한국문학》에 발표. 장편 《풍설》(문음사), 《서울 버마재비》(집현전), 《당신의 성좌》(주우) 간행.

1982 단편 〈빈영출〉을 《현대문학》에 발표. 《그해 5월》을 《신동아》에 연재. 작품집 《허망의 정열》(문예출판사), 장편 《무지개 연구》(두레출판사), 《미완의 극》(소설문학사), 《공산주의의 허상과 실상》(신기원사), 수필집 《나 모두 용서하리라》(대덕인쇄사), 《용서합시다》(집현전), 소설 《역성의 풍·화산의 월》(신기원사), 《행복어사전》(문학사상사), 《현대를 살기 위한 사색》(정음사), 《강변 이야기》(국문) 간행.

1983 중편 〈그 테러리스트를 위한 만사〉를 《한국문학》에, 〈소설 이용구〉와 〈우아한 집념〉을 《문학사상》에, 〈박사상회〉를 《현대문학》에 발표. 작품집 《그 테러리스트를 위한 만사》(홍성사), 고백록 《자아와 세계의 만남》(기린원), 《황백의 문》(동아일보사) 간행.

1984 장편 《비창》을 문예출판사에서 간행. 한국펜문학상 수상. 장편

	《그해 5월》(기린원), 《황혼》(기린원), 《여로의 끝》(창작문예사) 간행. 《주간조선》에 연재되었던 역사 기행 《길 따라 발 따라》(행림출판사), 번역집 《불모지대》(신원문화사) 간행.
1985	장편 《니르바나의 꽃》을 《문학사상》에 연재, 장편 《강물이 내 가슴을 쳐도》와 《꽃의 이름을 물었더니》, 《무지개 사냥》(심지출판사), 《샘》(청한), 수필집 《생각을 가다듬고》(정암), 《지리산》(기린원), 《지오콘다의 미소》(신기원사), 《청사에 얽힌 홍사》(원음사), 《악녀를 위하여》(창작예술사), 《산하》(동아일보사), 《무지개 사냥》(문지사) 간행.
1986	〈그들의 향연〉과 〈산무덤〉을 《한국문학》에, 〈어느 익일〉을 《동서문학》에 발표, 《사상의 빛과 그늘》(신기원사) 간행.
1987	장편 《소설 일본제국》(문학생활사), 《운명의 덫》(문예출판사), 《니르바나의 꽃》(행림출판사), 《남과 여-에로스 문화사》(원음사), 《남로당》(청계), 《소설 장자》(문학사상사), 《박사상회》(이조출판사), 《허와 실의 인간학》(중앙문화사) 간행.
1988	《유성의 부》(서당) 간행, 대하소설 《그해 5월》을 《신동아》에, 역사소설 《허균》을 《사담》에, 《그를 버린 여인》을 《매일경제신문》에, 문화적 자서전 《잃어버린 시간을 위한 메

	모》를《문학정신》에 연재,《행복한 이브의 초상》(원음사), 《산을 생각한다》(서당),《황금의 탑》(기린원) 간행.
1989	《민족과 문학》에《별이 차가운 밤이면》연재. 장편《허균》, 《포은 정몽주》,《유성의 부》(서당), 장편《내일 없는 그날》 (문이당) 간행.
1990	장편《그를 버린 여인》(서당) 간행,《꽃이 된 여인의 그늘에서》(서당),《그대를 위한 종소리》(서당) 간행.
1991	인물 평전《대통령들의 초상》(서당),《달빛 서울》(민족과문학사) 간행,《삼국지》(금호서관) 간행.
1992	《세우지 않은 비명》(서당) 간행. 4월 3일 오후 4시 지병으로 타계. 향년 72세.
1993	《소설 정도전》(큰산),《타인의 숲》(지성과사상) 간행.

김윤식

서울대학교 국어국문학과와 동 대학원을 졸업했고 1962년 《현대문학》에 〈문학사방법론 서설〉이 추천되어 문단에 발을 들여놓았다. 한국 근대문학에서 근대성의 의미를 실증주의 연구 방법으로 밝히는 데 주력했으며 1920~1930년대의 근대문학과 프롤레타리아문학이 가지는 근대성의 의미를 밝히고자 했다. 1973년 김현과 함께 펴낸 《한국문학사》에서는 기존의 문학사와는 달리 근대문학의 기점을 영·정조 시대까지 소급해 상정함으로써 뜨거운 논쟁을 불러일으키기도 했다. 현대문학신인상, 한국문학작가상, 대한민국문학상, 김환태평론문학상, 팔봉비평문학상, 요산문학상 등을 수상했으며 저서로 《문학사방법론 서설》, 《한국문학사 논고》, 《한국 근대문예비평사 연구》, 《황홀경의 사상》, 《우리 소설을 위한 변명》, 《한국 현대문학비평사론》 등이 있다.

김종회

경희대학교 국어국문학과와 동 대학원을 졸업했고 1988년 《문학사상》을 통해 평단에 나왔다. 김환태평론문학상, 한국문학평론가협회상, 시와시학상, 경희문학상을 수상했으며 2008년에는 평론집 《문학과 예술혼》, 《디아스포라를 넘어서》로 유심작품상, 편운문학상, 김달진문학상을 수상했다. 특히 《디아스포라를 넘어서》는 남북한 문학 및 해외 동포 문학의 의미와 범주, 종교와 문학의 경계, 한국 근대문학의 경계 개념을 함께 분석한 평론집으로 평가받고 있다. 저서로 《한국소설의 낙원의식 연구》, 《위기의 시대와 문학》, 《문학과 전환기의 시대정신》, 《문학의 숲과 나무》, 《문화 통합의 시대와 문학》 등이 있으며 엮은 책으로 《북한 문학의 이해》, 《한민족 문화권의 문학》, 《한국 현대문학 100년 대표 소설 100선 연구》, 《문학과 사회》 등이 있다.